Jürgen Kehrer

Mord im Dom

Nordsee

Dorstat

Münster   Pad

Duisburg

Köln

Aachen

Cambray

Corbie   Reimes

Trier

Paris

NEUSTRIEN

Tours

REICH KARLS DES GRO

Basel

Genf

Lyon

Dordogne

AQUITANIEN

Garonne

SPANISCHE
MARK

Urgelis

Ebro

Barcelona

Mittelländisches Meer

AUSTRIE

Ems

S

Maas

Maas   Mosel

Rhein

ALA

BURGUND

Pa

ISEN

Erfurt

EN

Regensburg

Donau

IEN

Inn

Salzburg

BAIERN

Enns

PANNONISCHE MARK

Drau

Do

MARK FRIAUL

Save

Po

KIRCHEN

I T A L I E N

Tiber

STAAT

Adriatisches Meer

Rom

BENEVENT

REICH
KARLS
DES
GROSSEN

Jürgen Kehrer

Mord im Dom

Eine Kriminalgeschichte aus der Zeit Karls des Großen

Waxmann

Münster · New York · München · Berlin

Die Deutsche Bibliothek – CIP-Einheitsaufnahme

Kehrer, Jürgen:
Mord im Dom : eine Kriminalgeschichte aus
der Zeit Karls des Großen / Jürgen Kehrer. –
Münster ; New York ; München ; Berlin :
Waxmann, 1999
    ISBN 3-89325-700-4

ISBN 3-89325-700-4

© Waxmann Verlag GmbH 1999
Postfach 8603, D-48046 Münster

www.waxmann.com
E-Mail: info@waxmann.com

Umschlag: Pleßmann Kommunikationsdesign, Ascheberg
Titelbild nach einem Aquarell von Theodor Ahrens
Satz: Stoddart Satz und Layout Service, Münster
Druck: Druckwerkstatt Hafen GmbH

Inhalt

Prolog

Am Anfang war die Kraft. Sie war schon vor der Welt da, vor den Göttern und vor den Menschen. Die Kraft steckt in allem, sie entscheidet über Glück und Leid, über Leben und Tod. Durch die Kraft entstand die Welt, und sie teilte sich in das Feuerreich Muspelheim im Süden und die Eiswelt Nebelheim im Norden. Feuer und Eis brachten Leben hervor, zuerst kamen die Riesen, dann die Götter. Die Götter schufen die Menschen und die Alben, auch Zwerge genannt, die tief im Inneren der Erde dem Schmiedehandwerk nachgehen. Und so ist es noch heute. Die Riesen leben am äußeren Rand der Welt, in Utgard, dem Land von Feuer und Eis. Das Reich in der Mitte, Midgard, gehört den Menschen und Göttern. Im Inneren von Midgard erhebt sich der heilige Berg mit seinem Gipfel Asgard, der Burg der Götter. Die Weltesche Yggdrasil spendet ihnen Schatten. Ihre Krone reicht bis zum Himmel, und ihre drei Wurzeln werden von jeweils einer Quelle gespeist."

„Warum sehen wir Yggdrasil nicht?" fragte ein Junge.

Die Alte lächelte. „Die Götter sehen sie, Hathumar. Die Götter sehen viel mehr als wir. Nur manchmal lassen sie uns teilhaben an ihrem Wissen und ihrer Macht. Alles, was wir haben, sind Zeichen ihrer Macht."

„Wie die Irminsul", rief ein anderer Junge.

„Ja, Thorbald, die Irminsul stand für Yggdrasil." Das Gesicht der Alten verdüsterte sich. „Bis die Franken sie zerstört haben. Zerstört und geplündert. Unsere goldenen und silbernen Weihegaben haben sie gestohlen, um den Reichtum ihres Königs Karl zu mehren."

„Warum haben die Götter das nicht verhindert?" fragte Hathumar.

„Weil die Götter nicht allmächtig sind", belehrte ihn die Alte. „Sie müssen kämpfen, wie wir. Sie stehen zwischen uns und den Riesen, und sie sind uns viel ähnlicher als die Bewohner der Eis- und Feuerwelt."

Das Herdfeuer im Grubenhaus verbreitete eine wohlige Wärme. Weiter oben pfiff der kalte Herbstwind durch die dünnen Holzwände, die nur grob mit Lehm verputzt waren.

Der Rauch hüllte die Kinderschar ein, die in der Nähe des Feuers saß. Schon dutzende Male hatten sie die Geschichten von Göttern, Zwergen und Riesen gehört, doch immer wieder lauschten sie gebannt den Worten der Erzählerin.

Die Frau schüttelte den Gedanken an die Frankenplage ab. „Auch untereinander führten die Götter Kriege. Wer kennt die Namen ihrer Geschlechter?"

„Die Asen und die Vanen", meldete sich Thorbald.

„Richtig. Die Vanen drangen in das Gebiet der Asen ein, sie zerstörten sogar deren Burg Asgard. Doch schließlich kam es zum Frieden zwischen ihnen, die Vanen wurden von den Asen als gleichwertige Götter anerkannt."

„Erzähl uns von Wodan!" bat ein Mädchen.

„Wodan ist der oberste Gott und ihr Heerführer. Wenn Wodan auf seinem Thron sitzt, trägt er einen goldenen Helm, auf seiner linken und seiner rechten Schulter hockt jeweils ein Rabe, und zu seinen Füßen kauern zwei Wölfe. Zieht er umher, trägt er einen blauen Mantel und einen Schlapphut, den er tief in die Stirn zieht, um seine Einäugigkeit zu verbergen. Denn ein Auge hat er geopfert, als er aus dem Brunnen der Weisheit seherische Fähigkeit erlangte. Wenn es einst zur Entscheidungsschlacht kommt, zwischen den Göttern und guten Menschen auf der einen Seite und den Riesen und Unholden auf der anderen, dann wird Wodan uns anführen."

„Ist der Gott der Franken stärker als Wodan?" unterbrach sie Hathumar.

Einige Kinder zischten empört.

Die Alte stoppte ihre Unmutsäußerungen. „Laßt ihn! Er hat ja recht. Die Franken waren ein Stamm wie viele andere. Mit dem neuen Gott, der aus dem fernen Rom kam, sind sie stärker und mächtiger geworden als die anderen Völker. Überall in den besetzten Gebieten bauen sie Tempel, und sie zwingen die Sachsen, sich taufen zu lassen und den neuen Gott zu verehren."

Ein älterer Junge sagte abschätzig: „Der Gott der Franken soll einen Sohn haben, der von Menschen getötet wurde. Sein Zeichen ist das Kreuz, an das er geschlagen wurde. Wie kann ein Gott stark sein, der zuläßt, daß sein Sohn wie ein Sklave hingerichtet wird?"

„Ich weiß nicht viel über den Gott der Franken", antwortete die Frau. „Doch obwohl er anscheinend nicht unverwundbar ist, haben die Franken mit seiner Hilfe in den letzten Jahren eine Schlacht nach der anderen gegen uns gewonnen."

Der ältere Junge machte eine wegwerfende Handbewegung. „Weil sich die Götter von uns abgewendet haben. Das wird sich bald ändern, sagt mein Vater. Bei der nächsten Schlacht wird uns Widukind zum Sieg führen."

„Hoffen wir es!" seufzte die Alte. „Aber vergeßt nicht, daß auch Wodan mehr als einmal verloren hat."

„Er ist nicht allein, wie der Gott der Franken", warf das Mädchen ein.

„Nein, an seiner Seite stehen Donar, von manchen Thor genannt, der stärkste der Götter, der mit seinem Hammer Asgard und Midgard beschützt, und Saxnot, der bei anderen Völkern Ziu oder Tiu heißt."

„Stimmt es, daß nur die Kühnsten nach Walhalla kommen?" fragte ein anderes Mädchen. „Das stimmt. Für die Entscheidungsschlacht, von der ich vorhin sprach, braucht Wodan auch die Unterstützung der Menschen. Deshalb holen die Walküren die im Kampf Gefallenen nach Walhalla. Dort üben die edlen Streiter, die Einherier, für die letzte Schlacht."

Die Augen der Alten blitzten, sie war wieder in ihrem Element. „Jeden Morgen legen die Einherier schwere Rüstung an, mittags essen sie in der großen Halle Eberfleisch, während ihnen die Walküren köstliches Met einschenken. Und Wodan ist mitten unter ihnen und spricht ihnen Mut zu. Nur der findet Einlaß in Walhalla, der an einer Kampfwunde gestorben ist. Wer auf seinem Strohbett stirbt, der kommt nach Hel, in die finstere Welt der Schatten."

Von draußen hörte man Pferdegetrappel und laute Rufe. Die Kinder erstarrten.

Die Alte hatte schon länger damit gerechnet. Seit Tagen liefen Gerüchte durchs Dorf, die besagten, daß ein Trupp Franken in der Gegend unterwegs sei und die Gebote des Königs verkündeten, der von den Seinen ehrfürchtig Karl der Große genannt wurde.

Das ganze Dorf, Männer, Frauen, Alte und Kinder, hatte sich versammelt. Die Franken, bewaffnet mit Schwertern und Lanzen, blieben auf ihren Pferden sitzen. Ein getaufter Sachse, der im Frankenreich lesen und schreiben gelernt hatte, las aus einer Schriftrolle die neuen Gesetze vor.

„Zu Paderborn beschlossen hat Karl, König der Franken und Herrscher der Sachsen, daß nunmehr die Kirchen Christi, die in Sachsen erbaut und Gott geweiht werden, keine geringere, sondern eine höhere Ehre haben sollen, als die Heiligtümer der Götzen gehabt haben.

Wer gewaltsam in eine Kirche eindringt, mit Gewalt einen Gegenstand entwendet oder sogar das Gebäude anzündet, wird mit dem Tod bestraft.

Wenn einer das heilige vierzigtägige Fasten aus Mißachtung des Christentums nicht hält und Fleisch ißt, so sterbe er des Todes. Jedoch soll der Priester darüber urteilen, ob ihn nicht etwa die Not dazu gebracht hat, Fleisch zu essen.

Wer einen Bischof oder Priester oder Diakon tötet, soll ebenfalls mit dem Tod bestraft werden.

Wenn einer, vom Teufel betrogen, nach heidnischer Weise glaubt, ein Mann oder eine Frau sei eine Hexe und fresse Menschen, und sie deshalb verbrennt oder ihr Fleisch anderen zum Essen gibt oder es selbst ißt, dann soll er mit dem Tod bestraft werden.

Wer einen Toten nach heidnischem Ritus verbrennt, so daß dessen Gebeine zu Asche werden, wird mit dem Tod bestraft.

Wenn einer hinfort im Volk der Sachsen ungetauft sich verstecken will und sich weigert, zur Taufe zu kommen und Heide bleiben will, der soll des Todes sterben.

Wer es an der dem König geschuldeten Treue fehlen läßt, wird mit dem Tod bestraft."

Die Verkündung der neuen Gesetze wollte kein Ende nehmen. Die Übertretung der meisten Gebote, so bestimmte Karl, zog die Todesstrafe nach sich. Aber es gab auch andere, minder schwere Vergehen, die mit Zahlung von Goldstücken gesühnt werden konnten. Je nachdem, ob einer ein Adeliger, Freier oder *Lite** war, würde er eine größere oder kleinere Summe Denare zahlen müssen.

Schweigend, die einen ängstlich, die anderen wütend, hörte die Dorfgemeinschaft, daß sie fortan den Zehnten ihres Ei-

---

* Alle so gekennzeichneten Begriffe sind im Glossar erklärt.

gentums und des Ertrages ihrer Arbeit den Kirchen und Priestern zu entrichten habe, und daß alle Kinder im Laufe des folgenden Jahres zur Taufe zu bringen seien.

Endlich kam der Sachse, der im Dienst des fränkischen Königs stand, zum Ende. Er rollte das Papier zusammen und wollte zu seinem Pferd zurückgehen. Da richtete sich der Anführer der Franken im Sattel auf. Der Anführer war ein großer Mann mit langen, grauen Haaren, die ihm bis auf den Rücken fielen. Die Dorfbewohner verstanden nicht, worüber die beiden Männer sprachen, denn sie führten ihre Unterredung in der fränkischen Sprache.

Der Vorleser drehte sich noch einmal um. Er faßte die Gruppe ins Auge, in der die Alte mit den Kindern stand. „Graf Rorico sagt, daß dieses Dorf, zur Bekräftigung des Bündnisses zwischen den Franken und den Sachsen, zwei Geiseln zu stellen hat. Zwei Knaben, alt genug, um auf dem Pferd zu reiten, und doch mit so frischem Geist, daß sie sich bereitwillig den Künsten öffnen, die man sie jenseits des Rheins lehren wird."

I. Kapitel
Ein Kloster in Neustrien

Mitten in der Nacht hatten sich die Mönche in der Basilika versammelt. Beginnend mit den Vigilien, fortgesetzt mit Schriftlesung und Gebet, endend mit den gesungenen Laudes, hatten sie sich auf den Tag vorbereitet. Jetzt, nach stundenlangem Gebet und Gesang, verließen die Klosterbrüder die Kirche. Die Sonne erschien am Horizont des Frühsommertages, und es war Zeit, sich der Arbeit und den Studien zu widmen.

Das Kloster Corbie lag in Neustrien, dem westlichsten der fränkischen Königreiche, nur wenige Tagesritte vom Meer entfernt. Mehr als dreihundert Menschen lebten hinter den Klostermauern, regiert vom Abt Adalhard und seinen *officiales.**

Der junge Mönch blieb vor dem Klostergarten stehen. Der Duft von Rosen lag in der Luft, Apfelbäume spendeten Schatten, und in mehreren Beeten wuchsen die Heilkräuter, die der Krankenbruder benötigte: Stabwurz war gut gegen Gicht, Fenchel half gegen Verstopfung, Husten und Augenleiden, Kerbel konnte Blutungen stillen, Absinth schlug das Fieber nieder.

Der junge Mönch hatte dem Krankenbruder ein paar Jahre bei der Arbeit geholfen, er kannte die Geheimnisse der Kräuter, doch in diesem Moment dachte er nicht an die praktische Wirkung der Pflanzen, sondern genoß die Schönheit der Natur. Er lebte gern im Kloster, im Gegensatz zu vielen anderen, die nicht freiwillig hergekommen waren. Freie brachten ihren dritten oder vierten Sohn, weil das Erbe nicht für alle reichte, Adelige schoben ihre unehelichen Kinder ab, manch anderer klopfte an die Klostertüren, weil er Haus und Gut verloren hatte und nicht mehr wußte, wie er sich und seine Familie ernähren sollte.

Und einige kamen auch aus politischen Gründen. Desiderius, der letzte Langobardenkönig, von Karl aus dem italienischen Pavia vertrieben, hatte seine letzten Lebensjahre in Corbie verbracht. Der junge Mönch konnte sich an den verbitterten Langobarden erinnern, der Luxus und Pracht mit einer kleinen Zelle und schwarzer Mönchskutte vertauschen mußte.

Etlichen Brüdern und Novizen fiel es nicht leicht, nach den Regeln des heiligen Benedikt von Nursia zu leben. Gehorsamkeit gehörte zu den obersten Pflichten, und wer nicht rechtzeitig zu den Gebeten erschien oder sich den Befehlen der Älteren widersetzte, der wurde hart bestraft. Schläge mit Ruten gehörten zum Klosteralltag.

Auch der junge Mönch hatte sich am Anfang widersetzt, auch er war nicht aus eigenem Entschluß dem Orden beigetreten. Seine Heimat befand sich im fernen Osten, Krieger hatten ihn verschleppt und der Obhut des Novizenmeisters von Corbie übergeben. Wie schrecklich waren die ersten Tage gewesen, die Abende in der engen, finsteren Zelle, das nächtliche Wecken, das stundenlange Ausharren in der eiskalten Kirche, umgeben von Menschen, die in einer fremden Sprache sangen und redeten. Wie sehr hatten ihm die vertrauten Gesichter gefehlt, die Gerüche des Waldes, das ungezügelte Umherstreifen. Doch nach den Monaten des Aufruhrs, in denen er Fluchtpläne schmiedete und von heftigem Heimweh gepackt wurde, hatte er eine neue Liebe entdeckt.

Schnell lernte er lesen und schreiben, bald sprach und

schrieb er fließend Latein, und zum Erstaunen seines Lehrers eignete er sich auch gute Kenntnisse des Griechischen ohne Schwierigkeiten an. Die anderen Schüler beneideten und bewunderten ihn, dem jungen Mönch kam es jedoch nicht auf Anerkennung an, seine Leidenschaft galt den Büchern und alten Handschriften, die in der Klosterbibliothek lagerten. Sobald er dazu in der Lage war, vertiefte er sich in Schriften über Theologie und Philosophie, drang in Welten ein, die er auf dem eigentlich für ihn vorgesehenen Lebensweg nie kennengelernt hätte.

Seine Begabung für Sprachen und seine schnelle Auffassungsgabe sprach sich im Kloster herum, der Abt selbst empfing ihn zu Gesprächen und gab ihm Hinweise für weitere Studien. Ohne daß er es darauf angelegt hätte, wurde er zu einem Liebling von Adalhard. Und Abt Adalhard gehörte zu den Vornehmen und Mächtigen des Reiches.

Häufig hielt sich der Abt am Hof des Frankenherrschers auf, er war ein Vetter Karls und beriet den König in Fragen der Bildung. Vehement forderte er die Einrichtung von mehr Schulen, nur durch Förderung von Bildung und Wissenschaft, Kunst und Forschung, so seine Rede, könnte das als barbarisch geltende Frankenreich aus dem Schatten Roms und Byzanz' heraustreten.

Für den jungen Mönch war das Wohlwollen des Abtes von unschätzbarem Wert. Die älteren Brüder wagten nicht, ihn ihrer Willkür und ihren Demütigungen auszusetzen. Und er durfte an dem Ort arbeiten, den er am meisten schätzte: in der Bibliothek. Hier kopierte er sorgsam alte Schriften und übersetzte griechische Werke ins Lateinische. Und wenn er Zeit fand, was allerdings nicht allzu oft vorkam, verfaßte er Gedichte.

Nur ganz selten, in Augenblicken wie diesen, dachte er an die ferne Heimat und die wilden Jahre seiner Kindheit.

„Hathumar!"

Der junge Mönch zuckte zusammen. Er sah die rundliche Gestalt des Abtes auf sich zueilen. Trotz der morgendlichen Frische hatte Adalhard bereits gerötete Wangen, und auf seiner Stirn glänzte Schweiß. Hathumar senkte den Kopf und machte sich innerlich auf eine Zurechtweisung gefaßt. Müßiggang widersprach den Regeln Benedikts. Was stand er auch hier herum, in den Anblick des Gartens versunken und seinen Gedanken nachhängend?

„Hathumar, wir treten eine Reise an." Der Abt schnaufte. „Gleich morgen früh."

Hathumar verstand nicht.

„König Karl hat mich gerufen. Viele Bischöfe, Grafen und andere Edle werden ebenfalls erwartet. Und du wirst mich begleiten. Du wirst den König sehen, Hathumar, ja, vielleicht wirst du sogar an seiner Tafel sitzen."

„Warum gerade ich?" fragte Hathumar verwirrt.

„Die Versammlung findet in Paderborn statt, im Land der Sachsen. Ich brauche dich als Übersetzer. Du sprichst die *lingua Romana** der Gallier, das *Theodisc** der Ostfranken, und du verstehst Sächsisch, die Sprache deiner Vorfahren."

Paderborn. Ringsum lebten die Engern, einer der vier sächsischen Stämme. Der Ort, an dem Hathumar geboren wurde, war nicht weit entfernt.

Der Gedanke, den geregelten Tagesablauf und die Abgeschlossenheit des Klosters zu verlassen, machte ihm Angst. Oder war es die Ungewißheit, wie er es aufnehmen würde, das Land seiner Sippe wiederzusehen?

„Ich bin gerade bei einer Übersetzung", stammelte er. „Ich denke, es wäre besser ..."

Adalhard wischte sich den Schweiß von der Stirn. „Willst du mir widersprechen?"

„Nein, Vater." Hathumar verbeugte sich. „Mein Platz ist

da, wo Ihr es wünscht."

„Schön, dann mach dich bereit. Graf Ascarius und seine Männer werden uns Geleit geben." Adalhard schnappte nach Luft. „Ach ja, da ist noch etwas. Ich möchte, daß du über die Zusammenkunft in Paderborn ein Gedicht schreibst, ein Epos, das ich dem König schenken kann."

Hathumar begriff, warum ihn der Abt ausgewählt hatte, ließ sich aber nichts anmerken. Im Hofkreis Karls gab es einige Dichter, die den König mit ihren Versen unterhielten. Offenbar beabsichtigte Adalhard, die Hofdichter auszustechen. Und da er selbst nur ein mäßiger Poet war, wollte er wohl die Zeilen des Bibliothekars als seine eigenen ausgeben.

Aus der nebenan gelegenen Küche drangen laute Schmerzensschreie. Hathumar erkannte die Stimme Lamberts, eines neunjährigen Novizen, der erst seit wenigen Wochen im Kloster war. Der Bibliothekar mochte den Jungen, der unter der plötzlichen Einsamkeit litt und häufig einen abwesenden Eindruck machte, was ihm sein Lehrmönch als Widerspenstigkeit auslegte.

Der Abt runzelte die Stirn, machte aber keine Anstalten, die Züchtigung zu unterbinden.

„Sehr gern will ich das Epos für Euch schreiben", sagte Hathumar rasch. „Doch gewährt mir eine Bitte!"

Adalhard wedelte unwirsch mit der Hand. „Sprich!"

„Der Knabe, der gerade geschlagen wird, Lambert, hat einen gütigeren Lehrmönch verdient als Edelbert. Lambert ist ein kluger Kopf, man muß ihm nur etwas mehr Zeit geben, sich an die Regeln zu gewöhnen."

Adalhard überlegte. Einerseits überschritt Hathumar eindeutig seine Kompetenz, indem er ihm solche Vorschläge machte. Andererseits wußte der Abt, daß der Bibliothekar nicht dumm war und früher oder später seine Absichten durchschauen würde.

„Na gut. Ich werde mit dem Novizenmeister darüber reden." Adalhard nickte kurz und wandte sich ab. Die Unterredung war beendet.

Hathumar stürzte in die Küche. Lambert lag mit hochgeschobener Kutte auf dem Tisch, das nackte Gesäß war bereits mit roten Striemen bedeckt. Der Junge schluchzte herzerweichend. Unbeeindruckt stand Edelbert daneben und schwang die Rute über dem Kopf.

„Halt!"

Edelbert, das Gesicht rot vor Anstrengung, hielt überrascht inne und starrte Hathumar ungläubig an: „Was ist?"

„Kennst du nicht die Regel, nach der *oblati** nicht in Gegenwart des Abtes geschlagen werden dürfen, es sei denn, der Abt ordnet dies ausdrücklich an?"

Edelbert schaute sich verblüfft um. „Ich sehe den Abt nicht."

Hathumar zog Lambert vom Tisch und streifte die Kutte nach unten. „Aber er steht draußen vor dem Fenster und hört dich. Gegenwart ist keine Frage des Sehens, Edelbert."

Er strich dem Jungen über den Kopf und die tränenfeuchte Wange. Dann beugte er sich hinunter und flüsterte ihm ins Ohr: „Tröste dich, Lambert! Du bekommst bald einen anderen Lehrmönch."

„Was redest du da?" fragte Edelbert mißtrauisch.

„Nichts. Ich denke, wir sollten jetzt an die Arbeit gehen."

An diesem Tag schweiften Hathumars Gedanken immer wieder ab. Nur schwer konnte er sich auf den Text konzentrieren, den er übersetzte. Langsamer als sonst kam er voran, indem er Satz für Satz zunächst auf einer Schreibtafel notierte und die korrigierte Fassung dann in feinster Schreibschrift zu Papier brachte.

Hathumar dachte an die weite Reise, die er vor sich hatte:

quer durch Neustrien und Austrien, bis weit jenseits des Rheins, in Gegenden, die auch hartgesottene fränkische Krieger das Fürchten lehrten.

Vor vielen Jahren hatte der Mönch die Strecke in umgekehrter Richtung zurückgelegt. Damals war er noch ein Kind gewesen, eine Geisel, die das fränkische Heer begleiten mußte. Die fremden Männer hatten ihm gegenüber kein Mitleid gezeigt, schließlich war er ein Kind jenes Volkes, das den Franken mehr als jedes andere Widerstand leistete. Der endlose Ritt war für ihn eine Qual gewesen.

Dann dachte er an die berühmten Gestalten aus Karls Hofkreis, denen er begegnen würde. Da waren der Westgote Theodulf, Bischof von Orléans, der Erzbischof Arn von Salzburg, ehemals Abt von Elnon-St.-Amand in Flandern, ein geborener Oberbayer, bekannt als der *schwarze Arn*, ferner der Erzkappelan Hildebald, Erzbischof von Köln, allesamt Ratgeber Karls in kirchlichen wie in weltlichen Dingen. Vielleicht würde auch der Brite Alkuin kommen, Karls wichtigster Ratgeber, ein uralter Mann, der weit in der Welt herumgekommen war. Im Kloster erzählte man sich von den Scharaden, die Alkuin am königlichen Hof in Aachen aufführte, poetische Spiele, bei denen sich Karl und seine Günstlinge in Gestalten der griechischen Antike verwandelten.

Schließlich würde er dem König selbst gegenübertreten, dem Herrscher über das größte Reich, das seit der Glanzzeit des Römischen Imperiums entstanden war. Von Friesland im Norden bis zum Langobardenreich in Italien, von der Spanischen Mark bis zur Pannonischen Mark im Osten, vom großen Meer im Westen bis zur Elbe reichte Karls Einflußgebiet. Mochte es in den beiden anderen Erdteilen, in Asien und Afrika, ebenbürtige Könige geben, in Europa konnte niemand Karl das Wasser reichen. Das einst so mächtige Oströmische Reich war zu einem kümmerlichen Rest zusammengeschrumpft, der Kaiser von Byzanz mußte sich gegen den Ansturm der Sarazenen und Bulgaren wehren.

Im Laufe seiner langen Regentschaft hatte Karl alle Widersacher beseitigt, die jährlichen Kriegszüge erweiterten Stück für Stück, Landstrich um Landstrich das fränkische Herrschaftsgebiet. Auch die Gegner in der eigenen Familie hatte Karl ausgeschaltet, einer Familie, die von Geheimnissen umwittert war.

Selbst die Herkunft und frühe Kindheit des Frankenkönigs lagen im dunkeln. Sieben Jahre war Karl bereits alt, als sein Vater Pippin seine Mutter Bertrada heiratete. Und als Pippin starb, mußte sich Karl das Reich des Vaters mit seinem Bruder Karlmann teilen, dem Lieblingssohn Bertradas. Karlmann ließ Karl mehr als einmal im Stich, und Bertrada spann an einem Bündnis zwischen den beiden Frankenkönigen auf der einen sowie dem Langobardenkönig Desiderius und Herzog Tassilo von Bayern auf der anderen Seite. Sie überredete Karl, die Tochter Desiderius' zu heiraten, obwohl er eine andere liebte.

Erst als Karlmann, gerade zwanzig Jahre alt, starb, zerschlug Karl die familiären Bindungen. Er schickte die Langobardenprinzessin nach Pavia zurück und heiratete die Schwäbin Hildegard. Er riß das Teilreich seines Bruders an sich, während Karlmanns Witwe und Thronfolger zu Desiderius flohen. Er eroberte das Langobardenreich und verbannte Desiderius ins Kloster von Corbie. Schließlich setzte er auch Herzog Tassilo ab und ernannte seinen Schwager Gerold zum Präfekten von Bayern.

Karl trug fortan den Titel *König der Franken, König der Langobarden und Patricius der Römer*. Er war im Zenit seiner Macht angekommen, und doch nahm er in der Rangfolge der bekannten Welt nur den dritten Platz ein. An erster Stelle kam der Papst, die höchste Autorität der Christenheit, danach der

Thronfolger Konstantins des Großen, der Kaiser von Byzanz. Als König mußte Karl jenen beiden Männern den Vortritt lassen.

Die Glocken läuteten zur Komplet. Hathumar verstaute seine Schreibutensilien, stellte das Buch zurück und eilte in die Kirche. Nach der Komplet würde die kurze Nachtruhe beginnen. Und mit dem neuen Tag würde nichts mehr so sein, wie er es jahrein, jahraus gewohnt war.

II. Kapitel
Das Thing

Graf Ascarius und Abt Adalhard ritten an der Spitze. Ihnen folgten zwanzig schwerbewaffnete Männer. Zur Ausrüstung jedes Reiters gehörte ein Schild, eine Lanze, ein langes und ein kurzes Schwert, ein Bogen und ein pfeilgefüllter Köcher. Einige besaßen mit Metallplättchen verstärkte Brustpanzer, die jedoch vorläufig verstaut waren, weil der erste Teil der Reise keine Gefahr darstellte.

Hinter dem Trupp rumpelte ein Troßwagen, der Proviant für mehrere Wochen und weitere Waffen enthielt. Der Planwagen war mit Leder bespannt, so daß beim Durchqueren kleinerer Flüsse die Nahrungsmittel nicht feucht werden konnten.

Hathumar hielt Abstand zu den Bewaffneten, die in Aufbruchstimmung waren und sich lautstark und fröhlich unterhielten. Der Krieg war ihr Handwerk, fast jedes Jahr versammelten sie sich auf dem *März*- oder *Maifeld** und folgten dem König in eine Schlacht. Manche von ihnen waren weit in Europa herumgekommen und nicht ohne Blessuren heimgekehrt. Und doch wäre ihnen nichts verhaßter gewesen, als ihr freies Leben mit dem der seßhaften Bauern zu vertauschen, die an ihrer Scholle klebten. Lieber würden sie im Sattel sterben. Auch wenn einige Ältere, die mehr als dreißig Winter erlebt hatten, bereits die Plagen des Alters spürten.

Odo, der Sohn des Grafen Ascarius, lenkte sein Pferd neben das von Hathumar. „Warum reitest du allein?"

Hatumar lächelte. „Ich glaube nicht, daß die Helden etwas über griechische Philosophie hören wollen. Und anderes kann ich nicht beitragen."

Odo lachte. „Stimmt, du bist ja ein Bücherwurm. Wie kann man nur sein Leben hinter dicken Mauern verbringen? Wo es doch da draußen so viel Aufregendes zu erleben gibt."

„Ich wüßte nicht, was schön daran sein soll, einem Gegner den Arm oder den Kopf abzuschlagen", erwiderte Hathumar. „Ganz abgesehen davon, daß der Gegner mit mir das Gleiche vorhat."

Odo war ein kräftiger, gut aussehender Bursche mit einem offenen, freundlichen Gesicht. Er hatte zusammen mit Hathumar die Klosterschule besucht, doch im Gegensatz zum Mönch bereitete ihm das Erlernen von Lesen und Schreiben erhebliche Mühe. Graf Ascarius, ein Mann von römischer Bildung, war darüber sehr enttäuscht gewesen, allerdings hatte er nach drei Jahren, in denen sich Odo mehr schlecht als recht durch die grundlegenden Lektionen quälte, ein Einsehen gehabt und ihn von der Schule genommen.

Viel lieber, als lateinische Buchstaben auf eine Schiefertafel zu malen, übte Odo mit dem Führer der gräflichen Garde den Schwertkampf und das Bogenschießen. Und schon von früher Kindheit an hatte ihn sein Vater mit auf die Jagd genommen. Eine Wildsau oder einen Auerochsen zu erlegen, das war mehr nach des Knaben Geschmack, als den Sinn eines vielbuchstabigen Wortes zu entziffern.

Um seine Zukunft machte sich der junge Graf keine Sorgen. Wenn er einst das Amt seines Vaters übernehmen würde, hätte er genügend Berater um sich, die die Korrespondenz für ihn erledigen und die Artikel der *Lex Salica*, des fränkischen Rechts, kannten.

Graf Ascarius war ein *missus dominicus*, einer jener Königsboten, die direkt dem König unterstanden und in mehreren

Grafschaften nach dem Rechten sahen. Vor allem bei Rechtsstreitigkeiten, die oft zu langanhaltenden Feindschaften und Blutrache in Dorfgemeinschaften führen konnten, war der Rat der Königsboten gefragt.

Odo schüttelte mitleidig den Kopf. „Ich brenne darauf, in den Krieg zu ziehen. Ich hoffe, es gibt noch ein paar aufständige Sachsen, wenn wir in Paderborn eintreffen. Die Jagd ist ein herrlicher Kitzel, aber was gibt es Größeres als den Kampf Mann gegen Mann?"

Wieder einmal ging Hathumar durch den Kopf, daß er wohl ähnlich denken würde, wenn er nicht entführt worden wäre.

Odo kicherte. „Und was ist mit den Freuden des Leibes? Hast du nie davon geträumt, mit einer Jungfrau ins Bett zu steigen?"

Hathumar zögerte. „Ich würde lügen, wenn ich es ableugnete. Ja, ich träume davon, öfter, als mir lieb ist."

„Und? Warum wirfst du die Kutte nicht ab?"

„Wenn das so einfach wäre, Odo." Der Mönch seufzte. „Die Befriedigung der Lust ist nur ein schales, schnell vergängliches Vergnügen."

„Besser ein schnelles Vergnügen als gar keins."

„Ich habe mein Leben Gott gewidmet", erinnerte ihn Hathumar. „Das bedeutet Entsagung im täglichen Leben. Ich behaupte nicht, daß ich von Anfechtungen frei bin. Und doch glaube ich begriffen zu haben, daß alles diesseitige Streben nach Reichtümern, Frauen und Streitlust uns nur von unserer Bestimmung ablenkt."

„Welche Bestimmung?"

„Ein gottgefälliges Leben zu führen, Jesus Christus zu folgen, um nach dem Tod Gott nahe zu sein."

„Nach dem Tod? Das dauert mir zu lange."

„Der Tod kann schneller kommen, als du denkst", mahnte

Hathumar. „Im übrigen habe auch ich meine kleinen Freuden. Wenn ich ein neues, mir unbekanntes Buch aufschlage, schlägt mein Herz vor Glück."

„Ach ja?" sagte Odo herablassend. „Was kann an vollgekritzeltem Papier Spaß machen?"

Hathumar überhörte den Spott. „Ich lese die Gedanken von Männern, die vielleicht schon Hunderte von Jahren tot sind. Begreifst du nicht? Es ist der Geist, der überdauert. Ihr Leib ist schon längst vermodert, aber ihre Sätze sind so klar, ihre Hoffnungen, Ängste und hochschwingenden Theorien sind so lebendig, als ob sie neben mir stehen würden. Manchmal diskutiere ich mit ihnen, in Gedanken natürlich."

Das Gespräch begann Odo zu langweilen. Er richtete sich im Sattel auf und beschattete die Augen mit der Hand, um im gleißenden Sonnenlicht besser sehen zu können.

„Da ist ja das Dorf", rief er aufgeregt. „Sie veranstalten heute ein Thing. Und mein Vater wird dem Gericht vorsitzen."

Graf Ascarius, der für seine strenge Rechtsauslegung bekannt war, saß in der Mitte. Neben ihm hatten die *scabini**, die Rechtsgelehrten, Platz genommen. Sie brauchten keine Bücher, weil sie alle Gesetze und *Kapitularien** wortwörtlich aus dem Gedächtnis aufsagen konnten.

Auf der anderen Seite des Tisches standen dicht gedrängt die Einwohner des neustrischen Dorfes. Das Langhaus war prall gefüllt mit Menschen, die gespannt auf den Beginn der Gerichtsverhandlung warteten.

Im ersten Fall ging es um einen Streit zwischen zwei Männern. Nach einer Zecherei waren die beiden wegen einer Nichtigkeit aneinandergeraten. Der Ankläger gab zu, daß er seinen Widersacher „Arschlecker" genannt habe. Dieser sei sogleich über ihn hergefallen, habe ihm mehrere Faustschläge verpaßt und dann, als er schon betäubt auf dem Boden lag, den Mittelfinger abgeschnitten.

Der Ankläger, ein alter Mann mit verschmitztem Gesicht, hob die verunstaltete Hand. „Seht, edler Graf! Ich kann meine Arbeit nicht mehr so tun, wie ich es gewohnt bin. Als Müller brauche ich alle Finger."

Graf Ascarius nickte und forderte den Angeklagten auf, nach vorne zu treten. Der Angeklagte war jünger und kräftiger als der Ankläger. Da es genügend Zeugen für die Rauferei gab, machte er keinen Versuch, die Tat zu leugnen.

„Die Beleidigung hat mich rasend gemacht", sagte er reumütig. „Ich war außer mir vor Wut."

„Warum hast du ihm den Finger abgeschnitten?" fragte Ascarius.

„Ich weiß es nicht", gestand der Angeklagte. „Der Wein hat mir die Sinne geraubt."

„Seid ihr bereit, in Zukunft Frieden zu halten?" wandte sich der Graf an beide Männer.

„Wenn ich eine ausreichende Entschädigung für meinen Finger bekomme, werde ich ihm nichts nachtragen", sagte der Alte listig.

„Und du, bist du willig zu zahlen?" fragte Ascarius den Angeklagten.

„Ich werde meine Strafe auf mich nehmen", sagte der Jüngere, wobei er dem Alten einen wütenden Blick zuwarf. Er wußte, daß ihm keine andere Wahl blieb, als zu zahlen. Andernfalls würde er ausgepeitscht oder gefoltert werden.

Graf Ascarius beugte sich zu dem Rechtsgelehrten auf seiner rechten Seite. Dieser hatte bereits eifrig gerechnet, und der Graf beratschlagte jetzt leise mit ihm über die Höhe der Strafe.

Dann verkündete Ascarius das Urteil: „Drei Fausthiebe werden mit neun Gold-Solidi bestraft. Für das Abschneiden des Fingers wird eine Strafe von dreißig Gold-Solidi verhängt."

Ein Raunen ging durch die Menschenmenge. Neununddreißig Gold-Solidi waren ein enorm hoher Betrag, er entsprach dem Wert eines Zugochsen oder eines einfachen Sklaven.

Ascarius bat um Ruhe. „Auf der anderen Seite haben wir eine Beleidigung, die wir mit fünfzehn Gold-Solidi ahnden. Somit muß der Angeklagte dem Ankläger vierundzwanzig Gold-Solidi zahlen."

Der Angeklagte verneigte sich stumm. Vierundzwanzig Gold-Solidi. Dafür würde er ein ganzes Jahr arbeiten müssen. Aber immer noch besser als hundert Peitschenhiebe, die er vielleicht nicht überleben würde.

Die zweite Klage, die vor Gericht verhandelt wurde, betraf die Entführung und Schändung einer Jungfrau. Die Familie des Mädchens verlangte eine Entschädigung, die Familie des jungen Mannes behauptete, daß das Mädchen willig gewesen sei.

In einem solchen Fall war der *stefgang* üblich. Graf Ascarius ließ zwei Stöcke hereinbringen. Die Familie der geschändeten Jungfrau versammelte sich hinter dem einen Stab, die Familie des Entführers hinter dem anderen. Anschließend forderte er die junge Frau auf, zum Richtertisch zu kommen, und erklärte ihr das Verfahren, obwohl es allen Beteiligten natürlich längst bekannt war.

Das Mädchen, das kaum älter als dreizehn Jahre war, mußte sich genau in die Mitte zwischen den beiden Stöcken stellen und sich dann für eine der beiden Seiten entscheiden. Entschied es sich für die eigene Familie, würde eine hohe Entschädigungszahlung fällig, entschied es sich für die Familie des Entführers, würde Hochzeit gefeiert. Der Bräutigam mußte dann nur die gebräuchliche *munt*, den Brautpreis, zahlen.

Das Mädchen war sich wohl bewußt, daß alle es anstarrten. Mit hochrotem Kopf und steifen Schultern stand es in der Mitte des Raumes, blickte hilfesuchend mal zur einen, mal zur anderen Seite. Alle Gespräche und das Gelächter im Saal verstummten.

„Nun?" fragte Graf Ascarius.

Erst langsam, dann immer schneller werdend ging das Mädchen auf die Familie des Entführers zu. Schließlich fiel es dem jungen Mann, dessen Gesicht ebenfalls vor Aufregung glühte, in die Arme.

Graf Ascarius atmete auf. Hochzeit war zweifellos die bessere Lösung. Sonst hätte es wahrscheinlich zwischen den beiden Familien, die als Nachbarn im Dorf lebten, über viele Jahre böses Blut gegeben.

Der dritte Fall war komplizierter als die beiden vorhergegangenen. Ein Freier namens Chrodegang beschuldigte einen Liten, der Robert hieß, einen seiner Schweinehirten getötet zu haben. Als Zeugen für den Mord traten der Sohn Chrodegangs und ein weiterer Sklave auf, die behaupteten, gehört und gesehen zu haben, wie sich Robert mit dem Schweinehirten gestritten und ihn erschlagen habe.

Robert bestritt jedoch energisch, Chrodegangs Sklaven etwas angetan zu haben. Als Beweis für seine Unschuld bot er an, sich einem Gottesurteil zu unterziehen.

Graf Ascarius forderte die beiden Zeugen auf, ihre Aussage unter Eid zu wiederholen. Ohne Zögern kamen sie seinem Verlangen nach.

Ascarius runzelte die Stirn. Er war beeindruckt von der Entschlossenheit, mit der Robert seine Unschuld beteuerte. In den Hunderten von Gerichtsverhandlungen, die er geleitet hatte, hatte er ein Gespür dafür entwickelt, wann ein Angeklagter log. Dieser Robert war entweder unschuldig oder ein ausgezeichneter Schauspieler.

Andererseits blieb Ascarius nach Lage der Dinge nichts anderes übrig, als Robert zu verurteilen, zwei Eide sprachen eine deutliche Sprache. Das *Wergeld** für einen erwachsenen, ausgebildeten Sklaven betrug fünfundvierzig Gold-Solidi. Würde sich Robert weigern, das *Wergeld* zu zahlen, mußte er ihn mit hundertfünfzig Peitschenhieben bestrafen, eine Tortur, die auch einem kräftigen Mann das Leben kosten konnte. Zumindest würde er mehrere Monate das Krankenlager hüten müssen.

Hathumar, der unter den Zuschauern im Langhaus stand, bemerkte das Zögern Ascarius'. Auch er war beeindruckt von der Überzeugungskraft, mit der Robert für seine Sache eintrat.

Hinter ihm tuschelten einige Männer, mehrfach hörte Hathumar den Namen Chrodegang.

„Weißt du etwas über die Sache?" fragte der Mönch halblaut einen Bauern, der neben ihm unruhig von einem Fuß auf den anderen trat.

„Chrodegang hat den Schweinehirten oft geschlagen, einmal sogar schwer verletzt", wisperte der Mann zurück. „Und er hat einen Haß auf Robert, weil der seine Tochter nicht hergeben will."

„Bist du bereit, das vor Gericht zu sagen?"

„Oh nein!" Der Bauer zuckte erschrocken zurück. „Chrodegang ist ein mächtiger Herr. Wer sich gegen ihn stellt, wird seines Lebens nicht mehr glücklich."

Gaf Ascarius beriet sich mit den *scabini*. Hathumar schaute sich suchend nach Adalhard um, aber der Abt war nirgendwo zu sehen. Was sollte er tun? Zusehen, wie ein Unschuldiger verurteilt wurde?

Mit klopfendem Herzen ging Hathumar zum Richtertisch.

Graf Ascarius schaute ihn erstaunt an. Sich in die Beratung des Gerichts einzumischen, war eine Unbotmäßigkeit, die seine Autorität in Frage stellte.

„Ich bitte um Verzeihung", sagte Hathumar leise. „Ich weiß, daß Robert unschuldig ist."

Adalhard hatte dem Grafen von dem schlauen und belesenen Mönch erzählt, den er mit auf die Reise genommen hatte. Und außerdem plagten Ascarius seine eigenen Zweifel.

„Was willst du?"

„Ich möchte den Zeugen einige Fragen stellen, wenn Ihr erlaubt."

Mehrere *scabini* starrten den frechen Mönch wütend an. Ascarius dachte nach. Das Verfahren war unüblich, aber es lag in seiner Macht als Königsbote, jedes Mittel einzusetzen.

„Bist du sicher?"

„Ja", antwortete Hathumar, obwohl ihm der Atem stockte.

Graf Ascarius bat die Zeugen, noch einmal nach vorne zu treten.

„Zuerst der Sklave", sagte Hathumar. „Der Sohn soll draußen warten."

Als Chrodegangs Sohn außer Hörweite war, wandte sich der Mönch an den Sklaven. „Warst du mit dem Sohn deines Herrn zusammen, als der Mord geschah?"

„Ja."

„Wie weit wart ihr vom Ort des Geschehens entfernt?"

Der Sklave schaute zu Chrodegang hinüber. Dieser schnappte empört nach Luft.

„Graf Ascarius!" keuchte Chrodegang. „Was soll diese Frage?"

„Antworte!" befahl Ascarius dem Sklaven.

„Etwa zweihundert Fuß", sagte der Sklave zögernd.

„Zu welcher Tageszeit geschah der Mord?" hakte Hathumar nach.

Der Sklave blickte zu Boden. „Kurz bevor die Sonne am höchsten stand."

„Und wie führte Robert die Tat aus?"

„Mit einem Stein", entschied er nach kurzem Überlegen. „Robert hat den Schweinehirten mit einem Stein erschlagen."

Ascarius begriff, worauf Hathumar hinauswollte. Er ließ Chrodegangs Sohn hereinbringen und stellte ihm dieselben Fragen, die der Mönch dem Sklaven gestellt hatte.

Der Sohn sagte aus, sie seien dreihundert Fuß vom Tatort entfernt gewesen, der Mord sei am späten Nachmittag geschehen, und Robert habe den Schweinehirten mit einem Knüppel erschlagen.

Im Saal wurde es laut.

„Ruhe!" befahl Ascarius.

Als die Zuschauer sich beruhigt hatten, verkündete der Graf das Urteil: „Die Befragung hat ergeben, daß der Lite Robert unschuldig ist. Wer auch immer den Schweinehirten getötet hat ..."

„Chrodegang selbst hat ihn erschlagen", rief Robert.

„Falls Chrodegang seinen Sklaven getötet hat, ist er dafür nicht zu bestrafen, da der Mann sich in seinem Besitz befand", fuhr Ascarius fort. Mit erhobener Hand unterdrückte er das aufkommende Murren. „Statt dessen wird Chrodegang wegen Anstiftung zum Meineid verurteilt."

Für den Meineid seines Sklaven mußte Chrodegang fünf, für den Meineid seines Sohnes fünfzehn Gold-Solidi Strafe an die Kämmerei des Königs zahlen. Außerdem verhängte Ascarius über ihn den Königsbann, der ihm alle Rechte als freier Mann nahm.

III. Kapitel
Nach Osten

Sie ritten durch endlose Wälder. Eichen, Ulmen und Linden, dazwischen Eschen und Ahornbäume. Hathumar atmete den feuchten, schweren Geruch des Waldes. Langsam genoß er es, wieder in der freien Natur zu sein.

Er hatte von den Wüsten gelesen, die es in den beiden anderen Erdteilen gab. Wie schrecklich mußte es sein, ständig der sengenden Sonne ausgesetzt zu sein, nicht genug Wasser für die Ackerfrüchte zu haben, sogar Durst zu leiden?

Gelegentlich stießen sie auf Sümpfe und Moore, die sie vorsichtig umgingen, auch durchquerten sie kleine Flüsse. Schweineherden, die unter den Bäumen nach Eicheln suchten, bewacht von Hirten und Hunden, kreuzten ihren Weg. Dann und wann öffneten sich die Wälder zu fetten Weiden und Heidegebieten, auf denen Rinder und Schafe grasten.

Sie kamen an kleinen Siedlungen vorbei, die aus mehreren Gehöften bestanden, und an großen Dörfern, in denen sich Dutzende von Häusern drängten. Nachts lagerten sie zumeist im Wald. Die Krieger mochten die Dörfer nicht und schon gar nicht die Städte, die bereits aus der Ferne Gestank verbreiteten. Sie waren es gewohnt, unter freiem Himmel zu schlafen, in ihre Mäntel gehüllt und dicht an das Feuer gekauert, aus Schutz vor der nächtlichen Kälte und den herumstreifenden Wölfen und Bären.

Manchmal, wenn ihnen Wild über den Weg lief, drehte sich am Abend ein Spieß mit frischem Fleisch im Feuer. Dazu gab es Wein aus den Schläuchen, die im Troßwagen mitgeführt wurden. So vergingen die Tage und die Nächte.

Nach der Gerichtsverhandlung hatte es im Dorf ein großes Fest gegeben. Graf Ascarius und Abt Adalhard, der von dem Geschehen hörte, hatten Hathumar wegen seines genialen Einfalls gelobt. Dieser hatte bescheiden abgewehrt und beteuert, daß er nur bewiesen habe, was im Dorf ohnehin alle wußten. Seine Rolle sei so unbedeutend gewesen, daß sie nicht der Rede wert sei. Wobei er insgeheim natürlich die Anerkennung genoß, die ihm die beiden mächtigen Männer zollten.

Die Tage dehnten sich zu Wochen. Sie hatten Cambrai umgangen, die Grenze zwischen Neustrien und Austrien überschritten, Lüttich und Aachen hinter sich gelassen und bei Köln auf Fährschiffen den Rhein überquert. Jetzt befanden sie sich auf dem Hellweg, jener Straße, die mitten in das Gebiet der Sachsen führte. Oft waren die fränkischen Heere auf ihr nach Osten gezogen, um die aufständischen Stämme niederzuschlagen. Es gab viele Burgen und Befestigungen, in denen kleine fränkische Besatzungen stationiert waren, so dicht beieinander, daß man sich durch den Klang von Hörnern verständigen konnte.

Die Reiter wurden stiller und schauten sich häufiger um. Einige von Graf Ascarius' Gefolgsleuten hatten sogar ihre Brustpanzer angelegt. Man befand sich in Feindesland, auch wenn inzwischen die meisten Sachsen zum Christentum übergetreten waren und den Frankenkönig Karl als ihren Herrscher anerkannten. Doch noch immer gab es kleine Gruppen von Aufständischen, die Reisende in einen Hinterhalt lockten oder mit einem Überraschungsangriff befestigte Stellungen überfielen.

Adalhard ritt neben Hathumar. Der Mönch bemerkte, daß

der Abt in einer nachdenklichen Stimmung war. Er führte dies auf die fremde Umgebung zurück, doch tatsächlich gingen dem schwergewichtigen Vetter des Königs ganz andere Dinge durch den Kopf.

„Ich habe dir noch nicht alles erzählt", sagte Adalhard plötzlich. „Wir werden in Paderborn nicht nur dem König begegnen."

„So?" fragte Hathumar neugierig.

„Nein. Auch der Heilige Vater wird nach Paderborn kommen."

Hathumar zog so heftig am Zügel, daß sein Pferd hochstieg. „Der Papst? Der Bischof von Rom ist im Land der Sachsen?"

„In wenigen Tagen." Hathumar nickte. „In Rom haben sich schreckliche Dinge zugetragen." Der Abt seufzte. „Der Heilige Vater ist überfallen worden. Alkuin hat mir einen Brief geschrieben. Leider kann er nicht selbst nach Paderborn kommen, das Alter und seine Gebrechen erlauben ihm die weite Reise nicht. Aber er hat mich über alles unterrichtet."

„Was hat sich denn in Rom ereignet?" fragte Hathumar.

„Es geschah am 25. April, dem Tag des heiligen Markus. Papst Leo hat die jährliche Reiterprozession zur Kirche Sankt Laurentius angeführt. Mit ihm ritten die höchsten kirchlichen Würdenträger, das Volk Roms drängte sich am Straßenrand, um den päpstlichen Segen zu erbitten. Da, so schreibt Alkuin, sei plötzlich ein bewaffneter Haufen erschienen. Die Männer zogen den Summus Pontifex vom Pferd, schlugen auf ihn ein, rissen ihm die Kleider vom Leib, ja, sie versuchten sogar, ihn zu blenden und ihm die Zunge abzuschneiden. Nur durch ein Wunder ist dem Heiligen Vater das Augenlicht und die Fähigkeit zu sprechen erhalten geblieben. Nackt und halbtot lag er auf der Straße, bis ihn einige Hilfsbereite aufhoben und ins nahe Kloster des heiligen Erasmus trugen."

„Aber wieso?" fragte Hathumar empört. „Wer steckt hinter dem Anschlag?"

„Nun, Papst Leo hat mächtige Feinde in Rom. Du mußt wissen, daß er nicht dem römischen Adel angehört, er kommt aus keiner der senatorischen Familien. Vor seiner Wahl zum Papst war er ein einfacher Presbyter, man sagt, daß seine Vorfahren aus Kleinasien stammen. Anscheinend haben es einige einflußreiche Familien übelgenommen, daß keiner der ihren den Stuhl Petri bestiegen hat. Alkuin schreibt, daß Angehörige des *Lateran-Palastes**, hohe Mitarbeiter des Heiligen Stuhls, hinter der Revolte stehen. Angeführt werden sie von einem Neffen Hadrians I., Leos Vorgänger. Offenbar wollten sie den Papst absetzen und einem Römer den Thron zuschanzen." Adalhard holte tief Luft. „Um ihr Vorgehen zu rechtfertigen, bewerfen sie den Heiligen Vater mit Dreck. Du wirst es ohnehin bald erfahren, die Rede ist von Ämterverkauf, Meineid und sogar – Ehebruch. Mag sein, daß Leo nicht ohne Fehler ist, ich weiß, daß König Karl ihn bereits vor einem Jahr aufgefordert hat, gegen die *simonistische Ketzerei** im Kirchenstaat vorzugehen. Und doch, wie können diese Leute es wagen, einen rechtmäßig zum Papst gewählten, heiligmäßigen Mann wie einen gemeinen Verbrecher zu behandeln?" Adalhard redete sich in Fahrt, seine weichen Wangen schwabbelten vor Erregung. „Welcher Bischof, welcher Abt wäre dann noch sicher vor der Meute von Neidern?"

Hathumar spürte, daß der Abt noch mehr wußte, doch er traute sich nicht, ihn zu drängen. Statt dessen fragte er: „Und wie ist es dem Heiligen Vater gelungen, seinen Feinden zu entkommen?"

„Mit Gottes Hilfe und der seines Kämmerers Albinus konnte Leo aus dem Kloster des heiligen Erasmus fliehen. Albinus ist sofort nach Spoleto geritten, wo sich Herzog Winniges mit einer fränkischen Truppeneinheit aufhielt. Der

Herzog hat nicht gezögert, dem Papst Schutz zu gewähren. Und auf Bitte von Karl ist Leo jetzt auf dem Weg nach Paderborn, um sich mit dem König zu besprechen."

Adalhard lächelte bekümmert. „Es ist eine Tragödie und gleichzeitig dein Glück, Hathumar. Du wirst Zeuge der Begegnung von König und Papst werden, der beiden größten Männer der Welt. Eine bessere Inspiration für das Epos, das ich von dir erwarte, kannst du nicht bekommen."

Und eine schwerere Aufgabe auch nicht, dachte Hathumar.

An diesem Abend lag der Mönch lange wach. Am nächsten Tag würden sie Paderborn erreichen. Was würde ihn dort erwarten? Keine der üblichen Reichsversammlungen, soviel stand fest. Wenn er das sorgenvolle Gesicht des Abtes richtig interpretierte, war sich Adalhard durchaus nicht sicher, wie das Treffen von Papst und König ausgehen würde. Aus Rom kam ein von seinen Feinden gehetzter Kirchenvater, der auf einen Frankenkönig im Zenit seiner Macht stieß.

Neben seinen Königswürden trug Karl auch den Titel des *Patricius Romanorum*, des Beschützers des Kirchenstaates. Gleich nach seinem Amtsantritt hatte Leo III. ihm die Schlüssel zum Grab Petri und das Banner der Stadt Rom übersandt, womit er Karls königliche Oberherrschaft anerkannte. Was als symbolische Geste gedacht war, bekam durch die jüngsten Ereignisse eine andere Bedeutung.

Hathumar hatte von den Mosaiken gehört, die auf Weisung von Papst Leo im *Triklinium** des *Lateran-Palastes* angebracht worden waren. Das eine Mosaik zeigte Konstantin den Großen und Papst Silverster I. zu beiden Seiten Jesu Christi kniend. Das andere, in gleicher Größe, stellte den heiligen Petrus dar, der Leo III. die Schlüssel und König Karl das Stadtbanner überreichte. Die Parallele zwischen Kaiser Konstantin und König Karl war unverkennbar, aber auch, daß sich der Papst in brüderlicher Gleichheit mit dem Frankenkönig sah.

Jetzt hatten sich die Gewichte verschoben. Das Schicksal des Papstes lag in der Hand des Frankenherrschers. Würde Karl, um seine Machtvollkommenheit zu beweisen, den Nachfolger Petrus' vielleicht sogar absetzen?

Hathumar wälzte sich auf die andere Seite. Noch vor wenigen Wochen hätte er sich nicht träumen lassen, daß er aus seinem zurückgezogenen Klosterleben mitten auf die Bühne des Weltgeschehens gespült würde.

IV. Kapitel
Jagdunglück

Zuerst sahen sie ein Meer von Zelten. Viele Tausende von Kriegern lagerten in der Ebene, zwischen den Zelten waren Pferde angepflockt, und es herrschte ein emsiges Treiben.

„Sieh nur! Welch ein gewaltiges Heer!" rief Odo erfreut.

Hathumar ließ den Blick über die Zelte zu dem Hügel streifen, der sich hinter dem Heerlager erhob. Dort war eine Stadt erbaut, die einzige Stadt, die es im ganzen Sachsenland gab. Er erkannte steinerne Bauwerke und eine große Kirche: die *Königspfalz** und der Dom von Paderborn.

Graf Ascarius und Odo verabschiedeten sich von Abt Adalhard und Hathumar, der Graf wollte sich mit seinen Männern dem Heer anschließen.

Als Vetter des Königs stand Adalhard ein besseres Quartier zu.

„In der Stadt gibt es ein kleines Kloster", sagte er zu Hathumar. „Ich denke, wir werden dort einen Platz zum Schlafen finden."

Als sie sich näherten, entdeckte Hathumar, daß die Stadt von einem Burgwall umgeben war, ein mit Hölzern verstärkter Erdwall, vor dem ein kleiner Graben angelegt war. Auf einem befestigten Weg ritten sie in die Stadt hinein. Dicht gedrängt standen Holzhäuser, in denen Handwerker ihren Berufen nachgingen. Durch die geöffneten Türen konnte man Bäcker und Töpfer sehen, Grob-, Gold- und Silberschmiede, sogar Glasbläser, die aus Italien importiertes Glas einschmolzen und daraus neue Kelche machten. Mitglieder des Hofes, Diener, Missionare, feine Damen und einfach gekleidete Handwerkerfrauen eilten über die festgestampften Lehmwege. Und zwischen den Erwachsenen tollten kreischende Kinder.

Hathumar war verwirrt von den vielen Eindrücken.

Adalhard zeigte auf die Kirche. „Es ist bereits die dritte, die der König hat errichten lassen. Ihre beiden Vorgänger sind von den Sachsen zerstört und niedergebrannt worden. Aber ein Mann wie Karl läßt sich nicht beirren. Diese ist noch schöner und größer als die anderen."

Zweifellos, ein gewaltiger Dom. Die dreischiffige Basilika maß vielleicht fünf *Latten** in der Breite und zehn *Latten* in der Länge. Sie hatte eine halbrunde Hauptapsis mit zwei Nebenapsiden, und ihre Fenster bestanden aus echtem Glas. Hathumar nahm sich vor, den Dom so bald wie möglich aufzusuchen.

Vor der Königspfalz hielt der Abt sein Pferd an. Er werde dem König seine Aufwartung machen, sagte er, Hathumar solle solange draußen auf ihn warten. Mit behenden Schritten, die man dem schwergewichtigen Mann gar nicht zugetraut hätte, verschwand Adalhard im Inneren der Anlage.

Hathumar blickte sich um. Das größte Gebäude der Pfalz war eine Aula, die in ihren Ausmaßen fast dem Dom gleichkam. Nördlich der Aula lag ein Komplex von Wohn- und Wirtschaftsgebäuden, im Süden erstreckte sich ein freier, festgestampfter Platz. Und unterhalb der Pfalz sprudelten Hunderte von Quellen aus der Erde, die Quellen der Pader, die dem Ort seinen Namen gegeben hatten.

Adlhard kam mit enttäuschtem Gesicht zurück. „Der König ist mit seinen Edlen auf der Jagd", teilte er Hathumar mit. „Er wird erst gegen Abend zurückerwartet."

Schließlich fanden sie das Kloster. Es war kein großes Kloster wie Corbie oder Fulda, im Paderborner Kloster lebten nur einige Geistliche mit ihren Bediensteten. Adalhard verhandelte mit dem Ältesten, und tatsächlich erfüllte dieser sofort die Wünsche des einflußreichen Abtes. Hathumar bekam eine kleine Gästezelle zugewiesen, in der eine Holzbank und ein Waschgestell standen. Nachdem er sich vergewissert hatte, daß sein Pferd ordentlich versorgt wurde, machte er sich auf den Weg zum Dom.

Der Dom war ein Ort der Ruhe inmitten des geschäftigen Trubels. Nur wenige Menschen, die schweigend im Gebet verharrten, befanden sich im Inneren.

Hathumar ging durch das Mittelschiff, das durch Säulen von den beiden Seitenschiffen abgetrennt war. Vor dem Altar ließ er sich nieder und sprach ein langes Gebet. Dann schaute er sich um.

Das Innere der Kirche war herrlich gestaltet. Mäander und Sterne verzierten die verputzten Wände, und überall gab es farbige Darstellungen von Bibelszenen. Der Dom war ein Kunstwerk, mit dem sich nur wenige im fränkischen Reich vergleichen konnten. Zweifellos gab es in Rom und Byzanz prächtigere Bauten, aber nördlich der Alpen standen nicht viele solcher Kirchen.

Hathumar blieb lange im Dom, in letzter Zeit hatte er seine benediktinischen Pflichten vernachlässigt. Außerdem genoß er die Ruhe und die Abgeschiedenheit.

Laute Stimmen und Pferdegetrappel rissen ihn in die Gegenwart zurück. Der König war heimgekehrt.

Voller Neugierde verließ der Mönch die Kirche, den Anblick des sagenumwobenen Frankenherrschers wollte er sich nicht entgehen lassen. Auf dem Platz vor der Pfalz hatte sich bereits eine Menschenmenge versammelt.

Auch wenn der König wie ein einfacher Krieger gekleidet war, mit ledernen Wickelgamaschen, festen Stiefeln, leinenen Hosen und leinenem Wams, so war er doch unverkennbar. Den Beinamen „der Große" trug er nicht zu unrecht. Er maß fast sechs *Fuß** und überragte seine Männer um Haupteslänge.

Trotz des großen und kräftigen Körpers, fehlte seiner Gestalt das rechte Ebenmaß. Karls Bauch quoll hervor, und der runde Kopf saß auf einem feisten und zu kurz geratenen Nacken. Der König war ein alter Mann, fast sechzig Winter hatte er erlebt, so daß sein langes Haupthaar inzwischen ebenso ergraut war wie der Schnurrbart, der unter einer riesigen Nase hing.

Als Karl seinen Dienern Befehle zurief, war Hathumar erstaunt über die helle, hohe Stimme, die überhaupt nicht zu dem mächtigen Äußeren des Körpers paßte.

Der Mönch bemerkte, daß die Stimmung der Jagdgesellschaft gedrückt war. Und dann sah er auch den Grund. Auf einem der Pferde wurde die Leiche eines Mannes mitgeführt. Die zerrissene Kleidung war von getrocknetem Blut fast gänzlich rot gefärbt, anscheinend hatte er vor seinem Tod aus zahlreichen Wunden geblutet.

Mehrere Männer hoben den Toten vorsichtig vom Pferd und trugen ihn ins Innere der Pfalz. Aus der Ehrerbietung, die ihm von den Umstehenden entgegengebracht wurde, schloß Hathumar, daß es sich bei dem Toten um einen Mann von hohem Stand handeln mußte.

„Graf Bernhard", sagte eine Stimme neben ihm. „Er ist von einem Auerochsen zerfetzt worden."

Hathumar betrachtete den Sprecher, einen blonden, blauäugigen, kräftigen Mann, kaum älter als er selbst.

Der Blonde lächelte. „Erkennst du mich nicht? Ich habe schon gehört, daß du kommst. Adalhard würde seinen Lieblingsschüler mitbringen, einen schlauen, belesenen Sachsen, hieß es."

Ein Bild blitzte in Hathumars Gehirn auf, das Bild eines wilden, rauflustigen Jungen. „Thorbald!"

„Der bin ich einmal gewesen."

Die beiden Männer, die gemeinsam als Geiseln ins Frankenreich gekommen waren, schlossen sich in die Arme und küßten sich auf die Wangen.

„Heute heiße ich Giselher. Schließlich bin ich Christ, nicht ganz so fromm wie du, aber nach einem germanischen Gott möchte ich nicht benannt sein. Weißt du noch, wie uns die Alte am Herdfeuer von Thor, Wodan und Walhalla erzählt hat?"

„Natürlich." Hathumar wischte sich eine Träne aus dem Auge. „Ein richtiger Frankenhasser warst du damals."

Giselher winkte ab. „Die Unvernunft eines Knaben."

Der Mönch hielt den Freund auf Armeslänge entfernt. „Gut siehst du aus."

Giselher trug eine elegante *Tunika**, die von einer goldenen Fibel gehalten wurde.

„Oh ja, ich hatte Glück, ich bin zur Domschule in Aachen gekommen, Alkuin selbst hat mich unterrichtet. Der alte Brite mag blonde Jünglinge, er hat mich Karl empfohlen. Heute bin ich *comes stabuli** oder Marschall, wie die Franken sagen."

„Du gehörst zum Hof des Königs?" staunte Hathumar.

„Und das ist noch nicht das Ende", sagte Giselher überheblich. „Wenn ich mich bewähre, kann ich ein *dux** werden oder ein *comes marchiones**."

„Wer hätte gedacht, daß aus dir einmal ein Frankenfürst wird?"

„Du solltest Aachen sehen", lenkte Giselher ab. „Karl hat es zu einer richtigen Hauptstadt ausgebaut, zu einem zweiten Rom. Die Pfalz hat acht Stockwerke, es gibt Thermalbäder, und für den Dom hat man die kostbarsten Baustoffe aus ganz Europa herbeigeschafft: Marmor aus Rom, Granit- und Porphyrsäulen aus Ravenna. Der Dom in Paderborn ist nichts dagegen."

Die beiden Sachsen standen inzwischen allein auf dem Platz. Hathumar dachte an den traurigen Anlaß ihres Zusammentreffens.

„Wie ist Graf Bernhard eigentlich zu Tode gekommen?"

„Wir wissen es nicht genau", antwortete Giselher ernst. „Er hat sich von den anderen entfernt. Wahrscheinlich ist er bei dem Versuch, den Auerochsen zu erlegen, vom Pferd gestürzt, und das Tier hat sich an ihm gerächt."

Sie schwiegen einen Moment.

„Bist du darüber unterrichtet, wer hier bald erscheinen wird?" fragte Giselher.

„Papst Leo. Adalhard hat mit der Neuigkeit bis gestern gewartet."

„Nicht nur der Papst." Giselher grinste sarkastisch. „Das hat dir der schlaue Fuchs Adalhard wohl nicht erzählt?"

„Nun sag schon!" drängte Hathumar.

„Auch seine Gegner. Ich verspreche dir, es wird hoch hergehen in Paderborn. Sie wollen, daß Karl den Papst absetzt."

„Der König wird doch nicht wagen, einen Papst aus dem Amt zu entfernen?"

„Ich habe keine Ahnung, so gut kenne ich Karl nicht. Auf jeden Fall hat er vor, zuerst die Kirche in seinem eigenen Reich zu ordnen. Gestern ist der Bischof von Urgelis eingetroffen."

„Felix von Urgelis?" Hathumar kam aus dem Staunen nicht mehr heraus. „Der *Hispano**, der die Irrlehre vom Adoptianismus verkündet?"

„Richtig. Seitdem die Spanische Mark zum Reich gehört, kann sich Felix von Urgelis nicht mehr unter dem Mantel der

45

Emire von Córdoba verstecken. Für morgen früh ist eine Versammlung in der Aula der Pfalz anberaumt. Felix muß sich
vor der Synode der Bischöfe rechtfertigen."

V. Kapitel
Theologischer Streit

Mißmutig trottete Hathumar hinter Adalhard her. Er wußte nicht, warum der Abt verlangte, daß er ihn zur Versammlung in der Pfalzaula begleitete. Viel lieber würde er noch einmal den Dom aufsuchen oder die Bibliothek des Klosters inspizieren. Die Bibliothek war zwar winzig, doch Hathumar hatte bereits ein Buch entdeckt, das er noch nicht kannte.

Erwartete Adalhard etwa, daß er den theologischen Streit um die Frage, ob Jesus von Gott nur adoptiert worden war, in das Epos aufnahm? Überhaupt: das Epos! Es bereitete ihm Kopfschmerzen, wenn er nur daran dachte. Wie sollte er die Begegnung zwischen Papst und König schildern? Würden zwei Gleiche aufeinandertreffen oder würde ein Sünder vor seinen Richter treten? Wie konnte er auch nur eine einzige Zeile zu Papier bringen, wenn er nicht wußte, wie die Sache ausging?

Als sie die Aula betraten, stockte Hathumar der Atem. Soviel Pracht und Luxus hatte er nicht erwartet. Wie im Dom waren die Wände farbig bemalt, es gab Mosaiken, Zierziegel, Sandsteinsäulen und eine Inschrift, die Karl als Sieger über den Drachen, das Heidentum, feierte. Und das war noch längst nicht alles. Wohl eigens für Karls Aufenthalt hatte man gestickte Wandteppiche aufgehängt, kostbare, byzantinische Stoffe, die Wagenlenker und andere antike Motive zeigten.

Das Allererstaunlichste aber war ein Gerät, das Hathumar

nur aus Büchern kannte: eine *Klepshydra*, ein orientalischer Zeitanzeiger. Die aus Messing gefertigte Wasseruhr maß den Verlauf von zwölf Stunden, bei deren Vollendung zwölf Kügelchen herabfielen und eine darunter befestigte Zymbel erklingen ließen.

Adalhard stieß den Mönch in die Seite. „Mach den Mund zu! Und gaff nicht so herum!"

Hathumar schrak zusammen. Erst jetzt richtete sich seine Aufmerksamkeit auf die Personen, die sich im Saal aufhielten.

Karl hatte seinen blauen Königsmantel angelegt und saß an der Westseite der Aula auf einem Klappthron. Der aus Holz gefertigte Stuhl, der den König auf seinen Reisen begleitete, war reich mit Gold und Edelsteinen verziert.

An den Tischen, die in Längsrichtung der Aula aufgestellt waren, zählte Hathumar sechzehn Bischöfe und Erzbischöfe. Hinter ihnen standen ernst dreinblickende Geistliche, die Hathumar für *cancellarii** hielt. Einige musterten ihn mißtrauisch, vermutlich sahen sie ihn als ihresgleichen an und fragten sich, wie ein so junger Mensch eine derart wichtige Stellung einnehmen konnte.

Hathumar fühlte sich gleich wieder unbehaglich. Die Versammlung hatte noch nicht begonnen, und die Bischöfe plauderten lebhaft miteinander.

Unterdessen stellte ihm der Abt im Flüsterton die Beteiligten vor. Der Bischof von Urgelis war ein kleiner, dicklicher Mann mit Glatze, der sich ängstlich umschaute. Am Kopfende des Tisches saßen Karls engste Vertraute, Erzbischof Hildebald von Köln, Erzbischof Arn von Salzburg und Bischof Theodulf von Orléans. Adalhard raunte weitere Namen: Erzbischof Rikulf von Mainz, Bischof Aaron von Auxerre, Cunipert, Bernhard, Hatto von Freising und Jesse von Amiens.

Die Zymbel der *Klepshydra* erklang, und zwölf Messingreiter sprangen durch zwölf kleine Tore heraus.

Als sich die Tore hinter den Reitern wieder geschlossen hatten, räusperte sich Karl, die Gespräche am Tisch verstummten.

„Wie ihr alle wißt", sagte der König mit seiner hohen Stimme, die Hathumar immer noch verblüffte, „wird in wenigen Tagen Papst Leo hier erscheinen. Mein Sohn Pippin, der König von Italien, ist bereits aufgebrochen, um dem Heiligen Vater entgegenzueilen. In der Kirche des fränkischen Reiches hat der Apostolische Stuhl stets seinen stärksten Verbündeten gehabt. Wir haben es uns zur Aufgabe gemacht, die Reinheit der katholischen Lehre zu wahren, als Vorbild für den ganzen Erdenkreis. Unglücklicherweise gibt es jedoch jenseits der Pyrenäen, in der Spanischen Mark, einen häretischen und ketzerischen Irrglauben, der sich wie die Pest ausbreitet und nun auch schon in Aquitanien Fuß gefaßt hat. Und es gibt einen Bischof, der diesen Irrglauben verkündet, anstatt ihn zu bekämpfen. Ich rede von Bischof Felix von Urgelis, der unter uns weilt."

Alle Augen richteten sich auf den kleinen, dicken Mann, dem der Schweiß auf der Stirn stand.

„Nun, Bischof Felix," wandte sich Karl direkt an ihn. „Was sagt Ihr zu Eurer Rechtfertigung? Warum habt Ihr die Ratschläge, die wir Euch auf der Synode von Regensburg erteilt haben, nicht befolgt?"

„Auch ich hätte gern den Zwiespalt zwischen der fränkischen und der spanischen Kirche überwunden", sagte Felix unterwürfig. „Doch als Bischof kann ich meine Glaubensbrüder und -schwestern nicht im Stich lassen. Die spanischen Christen verehren Elipandus von Toledo, dessen heiligmäßige Frömmigkeit weit über Spanien hinaus bekannt ist. Elipandus sagt, daß Jesus Christus ein Menschensohn war, wie es ja auch im Neuen Testament heißt. Das Mysterium der Trinität, des Verhältnisses von Gottvater und Gottsohn werde erfaßbar, wenn wir annehmen, daß Jesus als gewöhnlicher Mensch geboren wurde, nicht als fleischgewordenes Gotteswort, und daß Gott ihn als Sohn adoptiert hat."

„Versteckt Euch nicht hinter Elipandus!" grollte Erzbischof Hildebald.

„Papst Hadrian hat eine Schrift aus Elipandus' Feder wohlwollend entgegengenommen, und eine spanische Synode hat seine Lehre anerkannt", verteidigte sich Felix.

„Hadrian ist tot, und Beschlüsse von spanischen Synoden interessieren uns nicht", beschied ihn Hildebald barsch.

„Leugnet Ihr etwa auch die Jungfrauengeburt Marias?" erkundigte sich Jesse von Amiens.

„Nun", sagte der Bischof von Urgelis zögernd, „wenn Jesus als gewöhnlicher Mensch geboren wurde, war auch Maria eine gewöhnliche Frau. Steht nicht in der Bibel, daß Jesus' Kindheit in herkömmlichen Bahnen verlief? Wäre er von Geburt an Gottes Sohn gewesen – hätte er dann nicht schon als Kind einen überragenden Verstand gehabt, Wunder gewirkt, seine Gotteskraft ausgeschöpft?"

Ein Raunen ging durch die Reihen der Bischöfe. Schließlich sagte Erzbischof Rikulf von Mainz: „Im Evangelium des heiligen Lukas heißt es, daß Jesus im Alter von zwölf Jahren im Tempel von Jerusalem unter den Schriftgelehrten saß und daß alle, die ihn hörten, erstaunt über sein Verständnis und seine Antworten waren."

„In den anderen drei Evangelien steht nichts darüber", widersprach Felix. „Jesus war bereits dreißig Jahre alt, als er zu wirken begann."

„Ihr verdreht die heilige Schrift, wie es Euch paßt", brummte Arn von Salzburg mit seiner kehligen, bayerischen Stimme. „Es war Jesu' Bestimmung, erst im Alter von dreißig

Jahren seine Göttlichkeit zu offenbaren."

Bibelzitate flogen über den Tisch. Man stellte Vergleiche zwischen dem Adoptianismus und dem *Arianismus*** an, dessen berühmtester Vertreter der Ostgotenkönig *Theoderich der Große*** in Ravenna gewesen war und dem die Langobarden lange Zeit angehangen hatten. Selbst der *Bilderstreit in Konstantinopel***, der Hunderte von Menschenleben gekostet und zu einem Zerwürfnis zwischen König Karl und Kaiserin Irene geführt hatte, wurde erwähnt.

Felix von Urgelis wehrte sich verzweifelt, doch gegen die Übermacht der fränkischen Bischöfe stand er auf verlorenem Feld. Von allen Seiten prasselten Argumente auf ihn nieder, und allmählich erlahmte sein Verteidigungswille.

Erzbischof Hildebald schüttelte den Kopf. „Mich wundert, daß Ihr für Euch in Anspruch nehmt, ein katholischer Christ zu sein."

„Aber gewiß", versicherte Felix. „Die Adoption Christi durch Gott nimmt dem angenommenen Sohn doch nichts von seinem einzigartigen Rang. Im Gegenteil, es macht ihn zu dem wertvollsten und herausragendsten Menschen, den es je gab."

„Elipandus, Euer verehrter Freund, ist ein Westgote und *Hispano* wie ich", meldete sich Theodulf, der Bischof von Orléans, erstmals zu Wort. „Er lebt, wie Ihr sagt, in Toledo, also unter der Herrschaft des Emirs al Haquem von Córdoba."

Der Bischof von Urgelis nickte.

„Und auch Ihr, sowie die Christen im Tal des Ebro, habt bis vor kurzem die Sarazenen als Herren anerkannt. Kann es nicht sein, Bischof Felix, daß Eure Lehre vom adoptierten Gottessohn dem muslimischen Glauben entgegenkommt?"

Blindlings tappte Felix in die Falle. „Das ist richtig. Die *Omaijaden*** haben uns Christen in Spanien unseren Glauben gelassen, möglicherweise fiel ihnen das deshalb leichter, weil wir Jesus nicht als Gott, sondern als adoptierten Gottessohn ansehen."

Theodulf schoß seinen nächsten Pfeil ab: „Muslime kennen nur einen Gott, *Allah*. Für sie ist Jesus ein Prophet wie andere auch, wie Mohammed, den sie als größten Propheten verehren."

Der Bischof von Urgelis blinzelte. „Mag sein."

„Es mag nicht nur sein, es ist so", spottete Theodulf. „Ich habe den *Koran* gelesen, die heilige Schrift der Muslime. Der Prophet aus Mekka erklärt: 'Allah il Allah. Gott ist Gott. Es sei ferne, daß Gott einen Sohn habe.'"

Der Bischof von Orléans wartete die Wirkung seiner Worte ab. „Ist Euch das Wohlwollen dieser Ungläubigen tatsächlich wichtiger als die Gemeinschaft der Christen? Vergeßt nicht, Bischof Felix, Ihr lebt nicht mehr unter der Herrschaft der *Omaijaden*, sondern in der Spanischen Mark, die zum fränkischen Reich gehört. Karl ist Euer König, nicht der Emir von Córdoba. Ihm gegenüber habt Ihr Euch zu verantworten."

Felix von Urgelis senkte den Kopf. Er wußte, daß er sich in eine ausweglose Situation gebracht hatte.

Das nachfolgende Schweigen nahm Karl zum Anlaß, das Wort zu ergreifen: „Gottes Sohn ist kraft göttlicher Natur als Gottes, kraft menschlicher als des Menschen Sohn geboren. Nicht durch Adoption, sondern aufgrund seiner Doppelnatur hat er als Gott und als Mensch den Namen Menschensohn. Er ist also ebenso wahrer Gott, wie er als wahrer Mensch Gottes eingeborener Sohn ist."

Alle bis auf den Bischof von Urgelis nickten.

„Was", fuhr der König fort, „ist nun eure Meinung? Die meine geht dahin, daß, nachdem diese Ketzerei in unseren eigenen Grenzen immer weiter vorgedrungen ist, sie jetzt mit allen Mitteln auszurotten sei."

Hildebald, der nicht nur Erzbischof von Köln, sondern auch Erzkapellan des Hofes war, stand auf.

„Fürwahr, der Adoptianismus ist ein schleichendes Gift, das die geistlichen Grundlagen des fränkischen Reiches anzufressen droht. Sollen unsere Krieger etwa im Namen eines angenommenen Sohnes und Knechtes kämpfen? Wie können wir das Kreuz vor uns hertragen, wenn es nicht mehr ist als ein Galgen, der den Tod eines gewöhnlichen Menschen bezeugt?" Hildebald schaute in die Runde. „Wir, die Bischöfe des fränkischen Reiches, empfehlen, den Adoptianismus zu verurteilen und Bischof Felix von Urgelis aus seinem Amt zu entfernen."

Felix von Urgelis nahm das Urteil schweigend entgegen. Er hatte nichts anderes erwartet.

Der Rest war Formsache. Karl ordnete an, daß über den Beschluß ein Dekret anzufertigen sei. Der abgesetzte Bischof durfte nicht nach Urgelis zurückkehren, sondern wurde in das Kloster von Lyon verbannt.

Hathumar rauchte der Kopf von dem theologischen Disput. Seine Gefühle waren zwiespältig. Einerseits empfand er Mitleid mit dem kleinen, alten Mann, der sich so beherzt gewehrt hatte. Andererseits sah er ein, daß der Adoptianismus nicht mit dem katholischen Glauben vereinbar war.

Aber jetzt wollte er erst einmal weg, weg von den Bischöfen und Erzbischöfen, die ihn einschüchterten. Ehe er sich versah, hatte er die Stadt verlassen und stand auf freiem Feld.

Und dann kam ihm die Idee, Odo zu besuchen. Ein Gespräch mit dem fröhlichen Grafensohn, fernab jeder Gedankenschwere, würde ihn aufmuntern.

Nach einigem Herumsuchen und Fragen fand er schließlich die Krieger des Grafen Ascarius. Und auch Odo war da, munter wie eh und je.

„Hast du's gehört?" rief Odo schon von weitem. „Es geht gegen die Awaren."

„Nein, ich weiß von nichts", antwortete Hathumar.

„Wo lebst du bloß?" wunderte sich Odo. „In einem Elfenbeinturm?"

Der Mönch lächelte. „Schon möglich."

„Eigentlich sollte es gegen die Sachsen im Norden, in Wigmodien und *Nordalbingien** gehen", plapperte Odo weiter. „Doch jetzt sind die *Awaren** im Aufstand. In den liburnischen Bergen haben sie Präfekt Gerold von Bayern und Markgraf Erich von Friaul einen Hinterhalt gelegt. Beide Edlen sind tot. Das kann sich der König nicht bieten lassen. Es wird einen Kriegszug geben. Vielleicht finden wir sogar einen zweiten *hrinc**."

„Ich dachte, der *hrinc* sei zerstört worden", sagte Hathumar.

„Schon. Aber der *Cha-Khan** ist geflüchtet. Erinnerst du dich an die sagenhaften Schätze, die König Pippin vor einigen Wintern erbeutet hat? Man sagt, er habe fünfzehn vierspännige Ochsenwagen mit Gold, Silber und Edelsteinen beladen lassen. Stell dir vor, ich finde noch einen Schatz!"

„Das wäre wunderbar", sagte Hathumar ironisch.

Odo bemerkte die Ironie nicht. Er redete und redete.

VI. Kapitel
Plötzlicher Tod

Am östlichsten Rand des Horizonts hatte sich die Schwärze der Nacht in ein helles Grau verwandelt. Bis zum Sonnenaufgang würde noch mindestens eine halbe *Sommerstunde** vergehen. Paderborn lag im Dunkeln, und durch die Straßen der kleinen Stadt wehte ein kühler Hauch, der die Hitze des kommenden Tages erahnen ließ.

Die Nächte im *Hewimanoth** waren kurz, doch manche Bewohner erhoben sich schon zu dieser frühen Stunde von ihren Strohlagern. In den Holzhäusern, die rund um den Dom standen, wurden die ersten Herdfeuer entzündet.

Der Mann, der sich dem Dom näherte, war hellwach. Vorsichtig und lautlos schlich er zur Kirchentür. Dort schaute er sich noch einmal um, bevor er ins Innere huschte.

Sein Ziel war der steinerne Altar, der sich im Chor der zentralen Apsis befand. In fast völliger Finsternis erledigte er sein Werk, dann eilte er mit raschen Schritten zum Ausgang zurück.

Und fast wäre er hier mit einer anderen Person zusammengestoßen. Im letzten Moment erkannte er die Gefahr und drückte sich mit dem Rücken gegen die Wand.

Die zweite Person schien sich in der Kirche gut auszukennen, traumwandlerisch sicher eilte sie zwischen den aufgestellten Bänken hindurch. Erst als die Kirchentür plötzlich zugeschlagen wurde, schrak sie zusammen.

König Karl trug einen langen fränkischen Hausrock. Er hinkte leicht beim Gehen, und Hathumar bemerkte, daß der König die Zähne zusammenbiß.

Karl litt unter der Gicht, die langen Jahre im Sattel, das Übernachten auf feuchter und kalter Erde hatten ihm zugesetzt. Die Krieger, die ihn auf seinen ersten Zügen begleitet hatten, waren inzwischen fast alle tot, der Frankenherrscher hatte sie überlebt. Aber jetzt machte auch ihm das Alter zu schaffen, deshalb hielt er sich am liebsten in Aachen auf, wo ihm die warmen Bäder Linderung verschafften.

Neben Karl waren auch die Bischöfe und Erzbischöfe vom Vortag zur Frühmesse im Dom erschienen. Nur Erzbischof Hildebald von Köln und Felix von Urgelis fehlten.

Hathumar hatte bereits in der Klosterzelle einige Stunden mit Gebet und Andacht zugebracht. Er kniete in der hintersten Reihe, möglichst weit von den kirchlichen Würdenträgern entfernt, unter denen auch Abt Adalhard Platz genommen hatte. Niemand beachtete ihn, bis auf Giselher, der ihm freundlich zunickte.

Der Bischof, der die Messe zelebrierte, sprach ein leidliches Latein, was man nicht von allen Bischöfen im Reich behaupten konnte. Hathumar versuchte vergeblich, sich an seinen Namen zu erinnern, während des Disputs um den Adoptianismus hatte er sich nicht ein einziges Mal zu Wort gemeldet.

Nach einiger Zeit trat der Bischof an den Altar, um das Evangelium zu lesen. Er schlug die Bibel auf – und dann geschah etwas sehr merkwürdiges.

Hathumar sah, wie der Mann zurückzuckte und bleich wurde. Unmittelbar darauf schüttelte er heftig seinen rechten Arm.

Alle anderen hatten es auch gesehen. Man spürte förmlich das Erstaunen, mit dem die Kirchgänger den Priester beobachteten.

Der Bischof faßte sich wieder, trat erneut an den Altar und begann zu lesen. Doch nach einigen Sätzen schien es ihm schwerzufallen, die Worte zu artikulieren. Er begann zu stottern und stützte sich mit beiden Armen ab. Sein Gesicht war von einer wächsernen Blässe überzogen. Einige Augenblicke später brach er zusammen.

Den Zuschauern des makabren Schauspiels fuhr der Schreck in die Glieder.

„So helft ihm doch!" sagte Karl schließlich.

Einige Diener kümmerten sich um den am Altar liegenden Bischof. Zureden und leichte Schläge auf die Wangen blieben jedoch wirkungslos, der Mann erwachte nicht aus der Ohnmacht.

Karl ordnete an, daß man Odoaker, so hieß der Bischof, in sein Gemach bringen solle.

Als Odoaker vorbeigetragen wurde, stand Giselher neben Hathumar.

„Er wird etwas Falsches gegessen oder schlechtes Wasser getrunken haben", sagte der Marschall.

Hathumar antwortete nicht. Er versuchte einen Blick auf die rechte Hand des Bischofs zu erhaschen. Und tatsächlich – am rechten Zeigefinger entdeckte er einen Blutstropfen.

Als sich der Dom geleert hatte, ging Hathumar zum Altarraum. Zuerst untersuchte er die Bibel. Was er hier sah, war sehr ungewöhnlich. Genau an der Stelle, die Odoaker vorgelesen hatte, war das Buch ausgehöhlt. Der Bischof mußte den Text so gut gekannt haben, daß er ihn aus dem Gedächtnis vortragen konnte.

Hathumar schaute sich um. Der Boden rund um den Altar war glatt und sauber. Für ein Tier gab es kaum eine Möglichkeit, sich zu verstecken. Und dann sah er ihn. Mit einem kräftigen Fußtritt tötete der Mönch den Skorpion.

Hathumar eilte zurück ins Kloster und besorgte sich ein Stück Leinen. Anschließend suchte er Adalhard. Im Kloster war der Abt nicht zu finden, deshalb vermutete ihn Hathumar in der Königspfalz.

Die *Scara**-Männer am Eingang weigerten sich, den Mönch hereinzulassen, und es kostete ihn einige Überredungskunst, bis sich einer der Krieger bereiterklärte, den Abt zu holen.

Adalhard hatte kleine Augen und eine Weinfahne.

„Was willst du?" knurrte er übellaunig. „Ich hoffe, es ist wichtig."

„Das ist es, Vater. Begleitet mich bitte zum Dom!"

„Warum?"

„Das zeige ich Euch, wenn wir da sind."

Adalhard murmelte eine unchristliche Verwünschung, sah aber ein, daß er gegen die Hartnäckigkeit seines Bibliothekars nichts ausrichten konnte.

Hathumar zeigte dem Abt die ausgehöhlte Bibel, dann hob er den toten Skorpion vorsichtig auf das Leinen.

„Bischof Odoaker ist gestochen worden. Habt Ihr bemerkt, wie er zurückzuckte, als er die Heilige Schrift öffnete, und den rechten Arm schüttelte, als wolle er sich von etwas befreien? Und es war kein Zufall. Jemand muß das Tier in der Bibel versteckt haben. Jemand, der wußte, welches Kapitel der Bischof vorlesen würde."

Adalhard starrte erstaunt auf den gebogenen Schwanz mit dem scharfen Stachel. „Was ist das für ein Ungeziefer?"

„Ein Skorpion, Vater. Sie leben in den südlichen Ländern."

„Woher weißt du das?"

„Ich habe in Büchern darüber gelesen. Und Zeichnungen gesehen."

Fassungslos schüttelte der Abt seinen schweren Kopf. „Wir müssen mit dem König reden."

Karl trug noch immer den langen Hausrock. Er ruhte auf weichen Damastkissen in seinem Privatgemach und war erbost.

„Bischof Odoaker ist gestorben. Schon der zweite Freund, den ich durch ein Unglück verliere. Erst Graf Bernhard, jetzt das. Ich sage dir, Adalhard, unser Aufenthalt in Paderborn steht unter keinem guten Stern. Warum willst du mich sprechen? Und wen hast du mitgebracht?"

„Das ist Hathumar, mein Bibliothekar im Kloster Corbie", stellte der Abt vor.

„Woher stammst du, Hathumar?" fragte Karl.

„Ich gehöre zum Stamm der Engern", antwortete der Mönch errötend.

„Ah. Ein Sachse. Du bist als Geisel nach Corbie gegangen?"

„So ist es, mein König."

„Na schön." Karl drehte den Kopf zu Adalhard. „Bist du gekommen, um mir deinen Bibliothekar vorzustellen? Ich habe jetzt wirklich andere Dinge im Kopf."

„Nein, Hoheit", sagte der Abt förmlich. „Wir haben eine wichtige Endeckung gemacht."

„Was für eine Entdeckung? Rede nicht in Rätseln, Vetter!"

„Bischof Odoaker ist ermordet worden", platzte Hathumar heraus.

„Du redest nur, wenn du gefragt wirst!" herrschte Adalhard ihn an.

„Was ist das für ein Unsinn?" fuhr der König dazwischen. „Wir waren alle dabei, als Odoaker zusammenbrach. Er ist von keinem Schwert und keinem Pfeil getroffen worden."

„Zeig dem König das Buch und das Tier!" forderte Adalhard.

Hathumar zog das Leinensäckchen hervor und präsentierte die ausgehöhlte Bibel. „Seht, Hoheit! Der Anschlag war geplant. Die Heilige Schrift ist genau an der Stelle präpariert worden, die Bischof Odoaker aufschlagen mußte. Das eingesperrte Tier war aufs äußerste gereizt, es hat sofort zugestochen."

„Ein Skorpion", sagte Karl und verzog angewidert das Gesicht. „Ich habe einige dieser Insekten gesehen, auf meinen Reisen nach Rom. Sie kommen in Italien vor, möglicherweise auch in Aquitanien. Aber so weit im Norden ..." Er zupfte nachdenklich an seinem Schnurrbart. „Mir scheint, ihr habt recht. Bischof Odoaker ist ermordet worden. Aber warum?" Plötzlich ballte er die Faust. „Eigentlich sollte Erzbischof Hildebald die Messe lesen, doch er fühlte sich heute morgen nicht wohl. Bischof Odoaker hat ihn nur vertreten. Das bedeutet, daß der Mordplan Hildebald galt."

„Ein überaus logischer Gedanke", pflichtete Adalhard bei.

Der König richtete sich auf, seine Augen sprühten vor Wut. „Und ich sage dir noch etwas, Vetter: Skorpione gibt es auch in Spanien."

Er klatschte in die Hände, und zwei Männer der *Scara* erschienen in der Tür.

„Holt mir Felix von Urgelis! Und zwar sofort!"

Der abgesetzte Bischof von Urgelis beteuerte seine Unschuld. Er sei ein alter Mann, dessen Lebensspanne zu Ende gehe. Der Gedanke an Rache liege ihm fern. Natürlich wäre er erfreut, wenn der König ihm erlauben würde, ins Tal von Urgelis zurückzukehren. Doch er gehe ohne Bitterkeit dahin, wohin Karl ihn schicke. Und von einem Skorpion wisse er nichts.

Der König starrte Felix grimmig an. Dann befahl er ihm, vorläufig in Paderborn zu bleiben, bis das Rätsel des Mordes gelöst sei.

Nachdem sich Felix zurückgezogen hatte, wandte sich Karl an Adalhard: „Was hältst du davon?"

„Auf den ersten Blick wirkt er glaubwürdig", wich der Abt einer Festlegung aus. „Andererseits schaut man nicht in die Seele eines Menschen."

„Ja, ja", maulte Karl. „Das ist offensichtlich."

„Wenn ich einen Vorschlag machen darf", sagte Adalhard gravitätisch.

„Nur heraus damit, Vetter!"

„Mein Bibliothekar, Hathumar, ist trotz seiner jungen Jahre ein Mann von scharfem Verstand." Der Abt erzählte von dem Thing, und wie Hathumar den wahren Täter überführt hatte.

Der König faßte den Mönch ins Auge. Hathumar errötete.

„Gestattet mir, daß ich widerspreche, Hoheit!"

„Nein, das gestatte ich nicht. Du hast den Mord entdeckt, und du wirst den Mörder finden. Ich gebe dir alle Vollmachten. Jeder in der Pfalz soll dir zu Diensten sein. Der *cancellarius* wird von mir eine entsprechende Order erhalten. In allem, was du tust, soweit es den Mord betrifft, kannst du dich auf mich berufen. Und falls sich jemand widersetzt, wende dich an Adalhard. Er wird dafür sorgen, daß du bekommst, was du brauchst."

Hathumar verbeugte sich tief.

Adalhard legte seine breite Hand auf die schmächtige Schulter des Mönches. „Du wirst das schon schaffen, mein Sohn. Aber vergiß über der Suche nach dem Mörder das Epos nicht, das du schreiben sollst."

Der Abt leckte sich über die Lippen, nach dem vielen Gerede stand ihm der Sinn nach einem Becher Wein.

Hathumar blieb allein zurück. Er war verzweifelt. Die Aufgabe, die ihm gestellt wurde, schien schier unlösbar. Und zu allem Überfluß mußte er sich auch noch auf das Epos konzentrieren. Was, wenn er versagen würde? Würde ihn der König dann als Sündenbock verurteilen?

„Du siehst nicht glücklich aus, mein Freund", sagte Giselher, der aus einem Nebenraum aufgetaucht war.

Hathumar berichtete von der Unterredung mit dem König.

„Oha", grinste Giselher. „Jetzt verstehe ich, was dich bedrückt. Ich sage dir was: Ich werde dir helfen. Im Moment habe ich ohnehin nicht viel zu tun."

Hathumar lächelte. „Danke."

„Hast du schon eine Idee, womit wir anfangen können?"

Der Mönch holte Luft. „Als erstes müssen wir herausfinden, seit wann die Bibel auf der Kanzel lag. Damit wir den Zeitraum eingrenzen können, der dem Mörder zur Verfügung stand."

Gemeinsam suchten sie den Geistlichen auf, der die Gottesdienste im Dom leitete. Er sagte, daß er die Bibel bereits am Vorabend der Frühmesse auf die Kanzel gelegt habe. Auch habe er mit einem Leseband die Stelle im Evangelium markiert, die nach dem jährlichen Ritus zu lesen sei.

„Das hilft uns überhaupt nicht", sagte Hathumar bekümmert, als sie auf dem Platz vor dem Dom standen. „Immerhin wissen wir jetzt, woher der Mörder das Kapitel kannte, das Bischof Odoaker aufschlagen würde."

„Der Mörder hatte die ganze Nacht Zeit, den Skorpion zu verstecken", pflichtete Giselher bei.

„Vielleicht nicht." Hathumar überlegte. „Er durfte das Tier auch nicht zu früh einsperren. In der engen Höhle wäre der Skorpion womöglich erstickt. Nein, ich glaube, daß der Mörder erst in den frühen Morgenstunden die Kirche betreten hat." Er schaute sich um. „Wir sollten die Leute fragen, die rings um den Dom wohnen. Wenn wir Glück haben, hat einer von ihnen den Mörder gesehen."

„Wie du meinst", sagte Giselher. „Wir teilen die Häuser auf, damit wir schneller vorankommen. Du nimmst die da vorne, ich diejenigen auf der anderen Seite."

Zwei Stunden später trafen sie sich wieder.

„Nichts", sagte Hathumar niedergeschlagen. „Sie lagen alle noch auf ihren Lagern oder haben sich in ihren Häusern zu schaffen gemacht. Keiner hat den Kopf vor die Tür gesteckt."

Giselher grinste triumphierend. „Aber ich hatte Erfolg. Ein Bäcker ist vor sein Haus getreten, weil er sich entleeren wollte. Er hat einen Mann gesehen, der die Kirche betrat. Einen großgewachsenen Mann mit einem Buckel."

VII. Kapitel
Der Papst trifft ein

Auf dem weiten, baumlosen Feld an den Ufern der Pader hatte sich die gesamte Streitmacht versammelt. Alle Völker des fränkischen Reiches waren vertreten: Burgunder und *Aquitanier**, die die römische Tracht trugen, wilde Friesen, die sich ranzige Butter ins Haar schmierten, stolze Sachsen, die ihre Streitäxte schwangen, Bayern, Alemannen und Langobarden. Alle waren bewaffnet, mit Schwertern, Lanzen oder Äxten. Angeführt wurden sie von Grafen und Herzögen, die dafür sorgten, daß sich die Krieger in einem offenen Kreis aufstellten.

Einen inneren Kreis bildeten die Bischöfe, Äbte und anderen kirchlichen Würdenträger. Und genau in der Mitte stand Karl im festlichen Königsornat.

Papst Leo III. war früher als erwartet in Sachsen erschienen. Als die reitenden Boten eintrafen, blieben nur noch wenige Stunden Zeit, um den Empfang vorzubereiten. In aller Eile hatte der Frankenkönig seine Heerführer kommen lassen und sich mit ihnen besprochen. Karl wünschte eine würdevolle Begrüßung und zugleich eine Demonstration seiner militärischen Stärke. Der Bischof von Rom sollte spüren, daß er keinem Untertan gegenübertrat, sondern dem Mann, der Europa beherrschte.

Jetzt wurde die Delegation aus Rom sichtbar. Papst Leo ritt mit König Pippin an der Spitze. Kriegshörner erklangen, und die Krieger brachen in Hoch-Rufe aus.

Etwas verunsichert lenkte Leo sein Pferd in die Mitte des Kreises. Auf ein Zeichen Karls warf sich das Heer dreimal zu Boden. Und auch der greise König kniete sich vor dem Papst nieder. Dann umarmte er Leo und tauschte mit ihm den Friedenskuß. Nach der Begrüßung schritten sie Hand in Hand auf Paderborn zu.

Hathumar war zu weit entfernt, um zu verstehen, was die beiden mächtigen Männer miteinander redeten. Aber er hatte das Gesicht des Papstes gesehen und keinerlei Spuren von Blendung oder Verstümmelung entdeckt. Entweder war tatsächlich eine Wunderheilung geschehen, oder die Geschichtenerzähler hatten mal wieder kräftig übertrieben.

Als Hathumar und Giselher von der baldigen Ankunft des Papstes hörten, hatten sie ihren geplanten Besuch bei Felix von Urgelis verschoben. Als Mitglied des Hofes mußte Giselher natürlich in der Nähe des Königs sein, und auch Hathumar wollte und konnte sich das Schauspiel nicht entgehen lassen, schon wegen der Reime, die Abt Adalhard von ihm erwartete.

Während die Krieger zu ihren Zelten zurückkehrten, betraten die Würdenträger und Edlen den Dom, in dem ein Chor von Geistlichen Loblieder sang. Zuerst, so war vereinbart worden, würde der Papst den Altar der neuen Kirche einweihen.

Für die Zeremonie hatte Leo Reliquien des Erzmärtyrers Stephanus aus Rom mitgebracht, die er in der ausgesparten Öffnung der Krypta versenkte. Karl öffnete das Medaillon, das er stets um den Hals trug, und fügte einige Haare Mariens hinzu. Als letztes kam, vom Bischof von Würzburg getragen und in einen kostbaren byzantinischen Stoff gehüllt, eine Schädelhälfte des heiligen Kilian in den Altar. Dann wurde die Öffnung verschlossen, und der Papst sprach den

Segen. Die Reliquien, so verkündete er, würden die Kirche zukünftig vor Brandschatzung und Zerstörung schützen.

Als erstes gab es ein Püree aus gedörrtem Fleisch, das *pulmentum*. Danach kamen Fleischgerichte, mit Soße oder gegrillt – Rindfleisch, Hammelfleisch, Schweinefleisch, Wild, gewürzt mit Knoblauch, Zwiebeln, Pfeffer, Kümmel, Nelken, Zimt, Narde, Piment und Muskat. Serviert wurden sie mit Kohl, weißen Rüben, Kohlrüben und Brot. In den gläsernen Kelchen und Sturzbechern schäumte Falerner Wein.

Die Tische bogen sich unter der Last der zahlreichen Speisen. Es war ein Festmahl, dem Anlaß und dem hohen Gast würdig. Bald spannten sich die Bäuche, und mancher Rülpser und donnernde Furz war in der *Regisaula** zu hören.

Während Abt Adalhaard am Tisch saß und sich die Speisen und Getränke munden ließ, blieb Hathumar nur die Zuschauerrolle. Fasziniert und ein wenig neidisch verfolgte er, welch gewaltige Mengen die hohen Herren vertilgen konnten.

Die Unterhaltung blieb höflich und mied die große Politik. Sie wurde in der *lingua Romana* geführt, die Papst Leo und König Karl beherrschten und von den meisten Vornehmen des fränkischen Reiches verstanden wurde.

Leo erzählte von seiner Befreiung und dankte noch einmal Herzog Williges, der ihn bis nach Paderborn begleitet hatte. Karl schimpfte auf seine Ärzte, die ihm den Verzehr von Gebratenem verboten hätten, weil das seiner Gesundheit abträglich sei. An einem Tag wie heute, sagte er mit erhobenem Sturzbecher, dürfe auch ein König über die Stränge schlagen.

Nach dem Essen zogen sich der König und der Papst mit ihren engsten Beratern in ein kleineres Gemach zurück. Hathumar sah die Gelegenheit gekommen, sich von der Festgesellschaft zu entfernen. Er gab Giselher ein Zeichen, der auf der anderen Seite des Saales inmitten der Hofbeamten stand.

Vor dem Tor der Königspfalz trafen sie zusammen.

„Was für eine Fresserei", sagte Giselher. „Zum Glück hatte ich schon etwas in der Küche gegessen."

Hathumar knurrte der Magen. Er hatte an diesem Tag noch überhaupt keinen Bissen zu sich genommen. Aber von den Fastenzeiten im Kloster, bei denen es nur eine Mahlzeit am Tag gab, war er daran gewöhnt. „Ich werde heute abend im Kloster eine Kleinigkeit essen. Das genügt mir."

„Der bescheidene Mönch." In Giselhers Stimme lag Spott und Bewunderung.

Felix von Urgelis hatte in einem Holzhaus jenseits des Domes Unterkunft gefunden. Ohne Argwohn bat er die beiden Männer ins Innere, nachdem sie ihm den Grund ihres Besuches erklärt hatten.

In dem kärglich eingerichteten Raum standen nur zwei Holzbänke.

„Exzellenz", begann Hathumar, „wir müssen Euch einige Fragen stellen."

„Ich bin nicht mehr Bischof, also steht mir auch nicht der Titel Exzellenz zu", sagte der kleine Mann. „Nennt mich einfach Felix!"

„Nun gut. Felix, wo wart Ihr heute morgen in der Frühe?"

„Hier. In meinem Haus."

„Ihr wart allein?"

„Ja. Ich war allein."

„Kein Diener, der Euch bewirtet hat?"

„Morgens pflege ich nur ein Stück Brot zu mir zu nehmen. Da brauche ich keinen Diener."

„Warum seid Ihr nicht zur Frühmesse in den Dom gegangen?"

„Ich hatte kein Verlangen, den König und die Bischöfe zu sehen." Felix von Urgelis lächelte Hathumar an. „Du warst doch gestern in der Aula, Mönch. Du hast mitverfolgt, wie sie mir zugesetzt haben. Ich hege keinen Groll wegen dem, was geschehen ist. Aber ich wollte sie nicht durch meine Anwesenheit belästigen."

„Ja, ich war dabei", sagte Hathumar und ließ seine Stimme absichtlich grob klingen. „Ich habe gehört, wie Erzbischof Hildebald das entscheidende Urteil gesprochen hat. Erzbischof Hildebald, zu Eurer Erinnerung, Felix, ist derjenige, der heute morgen die Messe lesen sollte. Bischof Odoaker hat ihn vertreten, weil Hildebald sich nicht wohl fühlte. Der Mordanschlag galt Hildebald, nicht Odoaker."

„Oh, es tut mir leid, was Bischof Odoaker zugestoßen ist", antwortete Felix. „Aber wenn du mit deiner Frage andeuten willst, daß ich Hildebald umbringen wollte, dann irrst du dich. Der Erzbischof hat nur das getan, was der König von ihm erwartete, nicht mehr und nicht weniger."

„Und was ist mit deinen Dienern?" fragte Giselher, der bis jetzt geschwiegen hatte.

Zum ersten Mal wirkte Felix verunsichert. „Was meinst du?"

„Ich bin der Marschall des Königs, Mann!" fuhr Giselher ihn an. „Kein hergelaufener Stallknecht."

„Entschuldigt! Ich verstehe Eure Frage nicht, Marschall."

„Sie ist doch einfach: Könnte einer deiner Diener den Skorpion in der Bibel versteckt haben?"

„Nein. Für meine Leute lege ich die Hand ins Feuer."

„Einer der Diener hat einen Buckel, nicht wahr?"

„Ja." In Felix' Augen flammte Angst auf. „Er ist ..."

„Er wurde heute morgen gesehen, wie er die Kirche betrat – vor der Frühmesse."

„Er geht häufig in die Kirche, zu allen Tages- und Nachtzeiten. Er ist... wie soll ich sagen? Er war einmal Mönch, bis irgendetwas seine Seele verwirrte. Sein Geist ist wie der eines Kindes, vollkommen unschuldig."

„Kinder sind nicht unschuldig. Sie spielen Streiche. Sie verstecken Skorpione, damit jemand gestochen wird."

„Nein ..."

„Hol ihn her!" forderte Giselher.

„Aber ..."

„Ich sagte: Hol ihn her!"

Niedergeschlagen erhob sich Felix von Urgelis von der Holzbank. Über eine Leiter kletterte er in das Dachgeschoß des Hauses hinauf.

Giselher warf Hathumar ein triumphierendes Lächeln zu. „Wir haben ihn."

„Abwarten", sagte Hathumar. „Wir brauchen ein Geständnis."

Felix von Urgelis führte den Mann an der Hand. Er war groß und kräftig, aber auf seinem bärtigen Gesicht lag der Ausdruck eines ängstlichen Kindes.

„Er heißt Aio", sagte Felix. „Er redet nicht. Das heißt, wenn er spricht, dann in zusammenhanglosem Latein. Aber er versteht unsere Sprache."

„Und wir verstehen Latein", sagte Giselher herablassend. „Warst du heute morgen im Dom?" wandte er sich an den Diener.

Aio nickte.

„Hast du einen Skorpion bei dir gehabt?"

Aio guckte verständnislos.

„Sag es ihnen!" redete Felix gütig auf ihn ein. „Beantworte die Fragen des Herrn!"

Aio schüttelte den Kopf.

„Du bist nicht zur Kanzel gegangen und hast einen Skorpion in der Bibel versteckt?"

Aio schüttelte heftiger den Kopf.

„Ich warne dich", drohte Giselher. „Ich werde dich in Ketten legen lassen. Man wird dich foltern, wenn du nicht die Wahrheit sagst."

Aio stieß einen unartikulierten Laut aus und umklammerte die Hand seines Herrn.

Felix von Urgelis schaute zu Boden.

Der heitere Ton, der während des Festmahls vorgeherrscht hatte, war bei dem anschließenden Zusammentreffen von König und Papst sofort verflogen. Karl hatte Leo davon unterrichtet, daß auch seine Gegner in Paderborn erwartet würden.

Der Papst zeigte sich bestürzt. „Sie wollen mich verleumden", rief er aus. „Ich bin ohne Schuld. Schändliche und falsche Christen, in Wahrheit Heiden, Söhne Satans sind aus einem Hinterhalt hervorgesprungen und haben mich nach jüdischem Brauch vom Pferd gestoßen, um mich meines Augenlichts und meiner Zunge zu berauben. Blind und stumm, wie sie glaubten, haben sie mich mitten auf dem Platz liegen gelassen. Sie dachten, ich sei ein *Krüppel** und könne mein Amt nicht mehr ausüben."

„Die Vorwürfe, die gegen Eure Heiligkeit erhoben werden, sind schwerwiegend", sagte Bischof Theodulf von Orléans. „Und sie sind nicht die ersten ihrer Art, die uns zu Ohren kommen."

„Der Heilige Vater hat nichts Unrechtes getan", sagte einer der beiden Kardinäle, die zu den Beratern des Papstes zählten. „Diejenigen, die ihn mit Schmutz bewerfen, mögen sie auch aus aristokratischen Häusern kommen, wollen ihn vom Stuhl Petri stoßen, weil sie selbst ein Auge darauf geworfen haben. Und im übrigen heißt es schon bei den Kirchenvätern: 'Der erste Sitz wird von niemandem gerichtet.'"

„So?" fragte Theodulf ironisch. „Wer hat das gesagt?"

„Die Heiligkeit des Amtes ist unbestritten", verteidigte sich der Kardinal. „Mit seiner ordnungsgemäßen Einsetzung ist ein Papst heilig, unabhängig von seiner Person und seiner Lebensführung. In dem Moment, in dem ein Papst den Stuhl Petri besteigt, läßt Petrus das ewige Gut seiner Verdienste mit dem Erbe der Makellosigkeit auf seinen Nachfolger übergehen."

Offensichtlich hatten der Papst und seine Vertrauten erwartet, zur Rede gestellt zu werden, denn der Kardinal zeigte sich gut vorbereitet.

„Als Papst Symmachus wegen sittlicher Vergehen angeklagt wurde", fuhr er fort, „setzte sich der heilige Ennodius von Pavia für den Heiligen Vater ein. 'Wer möchte bezweifeln', schrieb Ennodius, 'daß derjenige heilig ist, der solch hohe Würde einnimmt? Wenn bei ihm selbsterworbene Verdienste fehlen, dann genügen die, die ihm von seinem Vorgänger verliehen werden. Die Höhe dieses Sitzes erhebt entweder lautere Männer oder umstrahlt wenigstens diejenigen, die auf ihn erhoben werden.'"

„Mir ist nicht bekannt, daß Ennodius ein Heiliger ist", versetzte Theodulf. „Soweit ich weiß, war er ein einfacher Bischof von Pavia."

„Selbstverständlich wissen wir um die Heiligkeit des Amtes", schaltete sich Erzbischof Arn vermittelnd ein. „Niemand wird auf die Idee kommen, den Papst wie einen gewöhnlichen Sterblichen zu behandeln. Und doch hat es in der Vergangenheit lautere und sündhafte Männer auf dem Stuhl Petri gegeben. Oder wollt Ihr etwa auch den Häretikerpäpsten Marcellinus, Liberius und Anastasius Heiligkeit zusprechen?"

Eine Zeitlang stritt man über die Unverlierbarkeit des *petrinischen Verdienstes* und die Frage, ob Heiligkeit nur bei rechter Amtsführung anzunehmen sei.

Schließlich wandte sich der Papst direkt an Karl: „Ihr seid der *Patricius Romanorum**. Es ist Eure Pflicht, Eure schützende Hand über das *Patrimonium Petri** zu halten und den Papst vor seinen Feinden zu bewahren."

„Wir werden anhören, was Eure Gegner zu sagen haben", erwiderte Karl. „Und dann werden Wir entscheiden."

Hathumar konnte keinen Schlaf finden. Er hatte das kleine Kloster verlassen und war ziellos zwischen den Mauern Paderborns umhergewandert. Das entsetzte Gesicht Aios ließ ihn nicht los. Die Angst des großen Mannes, als Giselher ihn abführte und *Scara*-Männer ihm Ketten anlegten. Giselher hatte angeordnet, daß man Aio in den Kerker werfen solle. War es möglich, fragte sich Hathumar immer wieder, daß Aio Bischof Odoaker umgebracht hatte? War sein Geist so verwirrt, daß er nicht mehr zwischen Gut und Böse unterscheiden konnte?

Auf seinen Wanderungen war Hathumar auch dem Papst und seinen Begleitern begegnet, die die Stadt verließen. Er hatte sich gewundert, daß der Papst nicht als Gast in der Königspfalz wohnte, sondern in einem Zelt vor den Toren Paderborns nächtigte. War das ein Zeichen, daß König Karl auf Distanz zu dem Oberhirten ging?

Plötzlich hörte Hathumar das Geturtel eines Liebespaares. Die beiden versteckten sich hinter einer kleinen Mauer. Und die männliche Stimme, die da balzte, kam ihm bekannt vor. Kein Zweifel, es handelte sich um Odo.

Der Mönch wollte sich schon zurückziehen, da sprang die Frau auf und rannte davon. Augenblicke später kam Odo um die Ecke. Als er die dunkle Gestalt sah, schrak er zusammen.

„Ich bin's", rief Hathumar.

„Du? Was machst du denn hier?"

„Ich konnte nicht schlafen", sagte Hathumar. „Du ja anscheinend auch nicht."

Breit grinsend kam Odo näher. „Die Nacht ist viel zu schade zum Schlafen. Wenn man die Gelegenheit zu einem Abenteuer hat." Er legte den Arm um die Schulter des Mönchs und kniff ihm in den Arm. „Aber davon verstehst du ja nichts."

„Wer ist denn die Holde?"

„Im Vertrauen, Hathumar: Du hältst den Mund, ist das klar?"

„Ich bin dein Freund, das weißt du doch."

„Sie ist eine Konkubine des Königs."

„Odo!" Hathumar macht sich frei. „Bist du wahnsinnig? Der König wird dich köpfen, wenn er davon erfährt."

„Er wird es nicht erfahren. Kannst du dir vorstellen, daß er drei Friedelfrauen mit nach Paderborn gebracht hat? Wozu braucht ein Mann drei Frauen, zumal es in Aachen eine Königin gibt?"

„Ich warne dich, Odo!" sagte Hathumar scharf. „Du bringst dich um dein Lebensglück."

„Ach was! In ein paar Tagen bin ich fort. Der Zug gegen die Awaren, er steht unmittelbar bevor. Und wer kein Risiko eingeht, kann auch nichts gewinnen. Ich will ja nicht leben wie ein ..." Er schaute Hathumar an und verschluckte den Rest.

VIII. Kapitel
Gegenspieler

Hathumar schaute betreten zu Boden. „Ich weiß nicht recht, Hoheit."

„Was heißt das, du weißt nicht recht?"

„Nun, er ist gesehen worden, als er den Dom betrat, also hatte er die Gelegenheit. Er kommt aus Spanien, demzufolge hätte er den Skorpion mitbringen können. Aber er ist ein geistig verwirrtes Geschöpf, auf mich wirkt er fast wie ein Kind. Ich kann mir einfach nicht vorstellen, daß er dazu fähig ist, einen solchen Mord zu planen."

„Und wenn ihm Felix von Urgelis dazu den Auftrag erteilt hat?"

„Ich glaube nicht, daß ..."

„Ja oder nein?"

Hathumar widerstrebte es, den freundlichen Felix von Urgelis zu belasten. Er zögerte.

„Bibliothekar von Corbie, ich habe dir eine Frage gestellt", quäkte Karls helle Stimme.

„Aio vertraut seinem Herrn, das ist wahr. Ich schätze, er würde ihm bedingungslos folgen."

Nachdem er erfahren hatte, daß der Diener von Felix im Kerker lag, hatte der König die beiden Sachsen zu einer Audienz bestellt.

Jetzt wandte er sich an Giselher: „Was meinst du, Marschall?"

„Für mich ist er der Mörder", sagte Giselher geradeheraus.

„Die Beweise sprechen eindeutig gegen ihn. Er hat noch nicht gestanden, aber es ist nur eine Frage der Zeit. Einige Tage im feuchten, dunklen Kerker, mit nichts als Wasser und ein bißchen Brot, dazu aufmunternde Peitschenhiebe, und er wird reden, auf Lateinisch oder in welcher Sprache auch immer. Dann werden wir erfahren, ob der abgesetzte Bischof von Urgelis dahintersteckt."

Karl nickte. „Ich will ein Geständnis. Bring' ihn nicht vorzeitig ums Leben!"

Der Kämmerer erschien in der Tür. „Ich bitte um Verzeihung, Hoheit. Zwei Herren aus Rom sind eingetroffen. Der *primicerius** Paschalis mit seinem Begleiter Campulus. Sie wünschen Euch zu sprechen."

„Sag ihnen, sie sollen in der Aula warten! Und bitte Erzbischof Hildebald, Erzbischof Arn und Bischof Theodulf, zu mir zu kommen!" Er bedachte die beiden jungen Männer, die vor ihm standen, mit einem freundlichen Lächeln. „Das ist vorläufig alles. Meldet euch, wenn ihr etwas Neues habt. Und, Marschall!" Halb drohend, halb scherzend hob er den Zeigefinger. „Beim nächsten Mal möchte ich rechtzeitig unterrichtet werden."

„Wie Ihr wünscht, Hoheit." Giselher verbeugte sich, und auch Hathumar neigte den Kopf.

„Ich bin nicht deiner Meinung", sagte Hathumar, als sie durch den fensterlosen Gang schritten. „Felix von Urgelis ist viel zu gutmütig, um einen solchen Mord zu planen. Und von sich aus würde Aio so etwas nicht tun."

„Auf den ersten Blick wirkt Felix harmlos", gab Giselher zu. „Aber du hast nicht meine Menschenkenntnis. In deiner abgeschiedenen Klosterwelt gibt es keine Lügen und Intrigen."

„Das glaubst du!" stieß Hathumar hervor.

„Wenn man am Hof lebt, so wie ich", fuhr Giselher unbeirrt fort, „erfährt man täglich, wieviel Falschheit in den Menschen steckt. Nach außen tun sie freundlich, und hintenrum wüschen sie einem den Tod."

„Ah, die beiden Mördersucher."

Sie waren so in ihr Gespräch vertieft gewesen, daß sie Bischof Theodulf nicht bemerkt hatten, der plötzlich vor ihnen stand.

Aus der Nähe fiel Hathumar auf, daß die strohblonden Haare des Bischofs an den Wurzeln dunkler waren.

Er ist eitel, dachte Hathumar. Er färbt seine Haare mit Asche und Seife.

„Habt ihr schon – wie sagt man – jemanden im Verdacht?"

„Ich habe den Diener Felix' von Urgelis in Ketten legen lassen", berichtete Giselher.

„Und ihr seid sicher, daß ihr den Richtigen erwischt habt?"

„Davon bin ich überzeugt", sagte der Marschall mit Nachdruck.

Theodulf schaute Hathumar an. „Du scheinst anderer Meinung zu sein, Mönch?"

„Ja, ich habe meine Zweifel", gab Hathumar zu.

„Nun, dann solltet ihr euch schnell einigen. Sonst wird nachher noch ein Bischof gestochen."

Theodulf ließ sie stehen.

„Das ist einer von denen, die ich meine", flüsterte Giselher. „In seinen Gedichten verspottet Theodulf den Hofkreis, sogar den König, ohne daß dieser es merkt."

Hathumar war der Bischof von Orléans unheimlich.

„Wenn statt Bischof Odoaker, so wie vorgesehen, Erzbischof Hildebald die Messe gelesen hätte und gestorben wäre, wer würde dann seine Stelle als Erzkappelan am Hof einnehmen?"

„Erzbischof Arn von Salzburg oder Bischof Theodulf",

antwortete Giselher.

„Theodulf ist Westgote, er kommt aus Spanien. Er muß sich mit Skorpionen auskennen."

„Worauf willst du hinaus?" zischte Giselher. „Bist du verrückt? Sag so etwas bloß nicht laut!"

„Wir müssen an alle Möglichkeiten denken", beharrte Hathumar.

Giselher schnaufte. „Theodulf hat die Macht, uns als Sklaven verkaufen zu lassen."

Der Mönch lächelte. „Das würde meinen Status kaum verändern."

„Aber meinen. Ich führe am Hof ein angenehmes Leben. Fünfzig Stallknechte hören auf mein Kommando. Das will ich nicht verlieren, verstehst du? Also hüte gefälligst deine Zunge!"

„Was sagt ihr dazu?" fragte Karl in die Runde seiner Berater.

Erzbischof Hildebald sah bekümmert aus. Er hatte sich von seinem Krankenlager erhoben, aber seine Augen glänzten fiebrig, und die fahlen Wangen waren hohl. Auch hatte er inzwischen erfahren, daß der Mordanschlag eigentlich ihm gegolten hatte, was seiner Genesung alles andere als förderlich gewesen war.

„Selbst wenn nicht jede Behauptung, die sie erheben, einer Überprüfung standhalten würde, der größte Teil dürfte der Wahrheit entsprechen. Es stimmt mit dem überein, was wir seit Jahren aus Rom hören. Bedenkt, Hoheit, daß wir Papst Leo bereits vor einem Jahr gewarnt haben. Ihr selbst habt ihn in einem Schreiben ermahnt, einen ehrbaren Lebenswandel zu führen und die simonistische Ketzerei auszurotten, welche den Körper der heiligen Kirche an vielen Orten befleckt."

„Ich weiß, was ich habe schreiben lassen", sagte der König

ärgerlich. „Ach, ich wünschte, Alkuin wäre hier. Gerade jetzt wäre sein Rat von unschätzbarem Wert."

„Wenn ich an seiner Stelle reden darf", erbot sich Erzbischof Arn. „Was Alkuin den Anklägern antworten würde, ist sonnenklar: 'Wer von euch ohne Schuld ist, der werfe den ersten Stein!'"

Arn zog einen Brief aus seinem Gewand. „Dieser Tage habe ich ein Schreiben Alkuins erhalten."

„Laßt hören!" drängte Karl.

„Alkuin schreibt: 'Ich höre, Feinde des Heiligen Vaters versuchen, ihn durch hinterlistige Vorspiegelungen abzusetzen. Sie beschuldigen den Papst des Ehebruchs und des Meineides und verlangen, er solle sich durch einen Eid von diesen Verbrechen reinigen, widrigenfalls er sich in ein Kloster zurückziehen müsse. Welcher Bischof bleibt noch unangetastet, wenn selbst das Haupt der Christenheit abgesetzt werden kann?'"

„Unser väterlicher Freund macht es sich ein wenig zu einfach", widersprach Bischof Theodulf. „Wir können nicht so tun, als seien alle Vorwürfe nur hinterlistige Vortäuschungen."

In der Tat waren Paschalis und Campulus recht konkret geworden. Sie hatten berichtet, daß sich Leo rücksichtslos bereichere, indem er hohe Kirchenämter an den Meistbietenden vergab, bezahlte Gefälligkeitsurteile lieferte und die Bewohner Roms bis aufs Blut auspreßte. Auch über den unsittlichen Lebenswandel des Papstes hatte sie einige delikate Einzelheiten preisgegeben.

Auf die Heiligkeit des Amtes angesprochen, die seinen Inhaber moralisch erhöhe, hatte Paschalis mit Hohn geantwortet.

„Wenn die Höhe besser mache", sagte der *primicerius,* „dann hätten Luzifer nicht im Himmel, Adam nicht im Paradies und der blutschänderische Lot nicht auf einem Berg gesündigt."

Unumwunden hatten die Gegner des Papstes verlangt, daß Karl ihn absetzen und in ein Kloster verbannen möge. Dann könne in Rom eine neue Wahl stattfinden, die einen geeigneteren Kandidaten auf den Stuhl Petri heben würde.

„Alkuin tritt für eine strikte Trennung zwischen dem kirchlichen und dem weltlichen Reich ein", fuhr Theodulf fort. „Euch, Hoheit, sieht er in der Rolle des Beschützers, der die Kirche Christi nach außen gegen Heiden und Ungläubige mit Waffen verteidigt, während der Papst mit erhobenen Händen wie Moses durch Gebet unseren Kampf unterstützt. Aber der Papst ist nicht nur Priester, er ist auch weltlicher Herrscher des Kirchenstaates, der in Eurem Einflußgebiet liegt. Also müßt Ihr Euch um die Angelegenheit kümmern."

„Wer bin ich, daß ich den Papst absetze?" rief Karl verzweifelt. „Wer gibt mir die Macht dazu? Ich bin nur ein König, der seine Krieger anführt."

„Und was wäre die Konsequenz?" hieb Erzbischof Arn in dieselbe Kerbe. „Würde man Euch nicht in Zukunft bei jedem theologischen Streit, der in Rom ausbricht, als Schiedsrichter anrufen? Würden nicht aus allen Teilen des Reiches Leute kommen, die einen unliebsamen Bischof oder sogar Abt absetzen wollen?"

„Trotzdem wäre es fatal, die Dinge laufen zu lassen", pflichtete Hildebald Theodulf bei. „Wir können Papst Leo nicht einfach in den *Lateran-Palast* zurückkehren lassen, als wäre nichts geschehen. Er würde dort leben wie ein Gefangener. Das Volk Roms ist gegen ihn, früher oder später wird es rebellieren."

„Ihr habt recht", sagte der König. „Wir können die Dinge nicht laufen lassen. Es muß eine gründliche Untersuchung geben. Sie wird zu einer Entscheidung führen, einem Freispruch oder ..." Er wandte sich an Theodulf: „Was ist eigentlich mit diesem Papst Symmachus geschehen, den Ennodius so beherzt verteidigt hat?"

„Er wurde von einem Konzil freigesprochen", sagte Theodulf. „Ich bezweifle allerdings, daß Ennodius etwas dazu beigetragen hat. Die Gegner des Symmachus behaupteten, die Konzilteilnehmer seien bestochen worden."

IX. Kapitel
Ein kluger Schachzug

Der Papst stand vor seinem Zelt und dachte nach. Die Dinge liefen nicht so, wie er es sich vorgestellt hatte. Nicht im Traum hätte er vermutet, daß seine Gegner ebenfalls nach Paderborn kommen würden. Im nachhinein bedauerte Leo, daß er so langsam nach Norden gezogen war und in jedem kleineren und größeren Ort die Huldigung der Gläubigen entgegengenommen hatte. Wertvolle Zeit war dadurch verloren gegangen.

Von dem, was der hochmütige Paschalis und der heimtückische Verräter Campulus mit dem König besprochen hatten, war kein Wort nach außen gedrungen. Aber der Papst konnte sich lebhaft vorstellen, was sie dem Frankenherrscher einzuflüstern versuchten. Absetzen solle Karl ihn, auf Lebenszeit in ein Kloster einschließen. All die widerlichen Vorwürfe, die in Rom über ihn verbreitet wurden, hatten Paschalis und Campulus aufgetischt, und vielleicht noch einige mehr.

Seitdem schwieg der Germane auf dem Königsthron. Der Papst schaute zu dem Hügel, auf dem sich der kümmerliche Palast erhob. Was machte er hier, in diesem Land der Barbaren, in dem sich einige Holzhütten, eine kleine Kirche und ein Steinhaus *civitas** nannten, in dem er umgeben war von wilden Kriegern, die sich Butter ins Haar schmierten und entsetzlich stanken?

Das sollte das Land sein, in dem Milch und Honig flossen?

Leo rümpfte die Nase. Kühe sah er zwar, und auch Bienen. Aber nichts, was der herrlichen Größe des alten Rom gleichkam. Anstatt wie ein Wanderer auf bloßer Erde zu nächtigen, unwürdig einem Nachfolger Petri, wäre er jetzt lieber in Rom, mochte es im Juli dort auch glühendheiß und stickig sein. Doch zuvor mußte er sich seiner Gegner und Neider entledigen.

Wie würde sich der riesenhafte, fettleibige Franke entscheiden? Der Papst kannte die Wankelmütigkeit Karls, seine Neigung, schwierige Beschlüsse vor sich herzuschieben, bis er schließlich mit einem Gefühlsausbruch den Knoten zerschlug. So hatte Karl sich verhalten, als ihm die eigene Mutter die Langobarden-Prinzessin als Frau aufdrängte. So war er auch mit dem Wunsch Kaiserin Irenes verfahren, den byzantinischen Thronfolger mit einer seiner Töchter zu vermählen. Erst als nach jahrelanger Verlobung die Hochzeit unmittelbar bevorstand, hatte Karl erklärt, daß er seine Tochter nicht hergeben wolle.

Und was würden Karls Berater empfehlen? Der König war kein Mann von Bildung, nicht einmal schreiben hatte er richtig gelernt. Gerade in kirchlichen Fragen würde er auf den Rat seiner Bischöfe hören.

Leo bedauerte, daß Abt Alkuin nicht in Paderborn war. Der Brite stand auf seiner Seite, wie er aus mehreren Schreiben wußte. Dagegen gehörte der Westgote Theodulf mit Sicherheit nicht zu seinen Fürsprechern. Mit unverhohlener Ironie hatte der Bischof von Orléans die Argumente des Kardinals zurückgewiesen. Und die Erzbischöfe Hildebald und Arn hatten sich hinter undurchdringlichen Mienen verschanzt.

Nein, der Papst konnte nicht darauf vertrauen, daß sich die Lage von allein zu seinen Gunsten entwickeln würde. Er mußte etwas finden, mit dem er den König überzeugen konnte, etwas, das seine Gegner überraschen würde. So wie ein kluger Schachzug, mit dem der Gegenspieler nicht rechnete.

Leo überlegte, was er dem Frankenkönig anbieten sollte. Welchen Wunsch gab es, den sich dieser mächtigste Mann Europas noch nicht erfüllt hatte?

Und plötzlich fand er die Lösung. Der Gedanke war so klar und einleuchtend, daß sich der Papst wunderte, warum er nicht schon längst darauf gekommen war.

Hathumar betrachtete den Skorpion, der vor ihm auf dem Tisch lag. Das Exemplar maß eine Handbreite in der Länge und hatte eine gelbliche Farbe. Trotz des Ekels, den er empfand, konnte der Mönch dem Insekt eine gewisse Schönheit nicht absprechen. Der Vorderkörper mit den Greifzangen sah aus wie eine Krabbe, die Beine ähnelten denen einer großen Spinne, und der gegliederte Schwanz mit dem Giftstachel hatte etwas Schlangenartiges. Wie eine Kreuzung der niedrigsten Tiere, die Gott erschaffen hatte.

Zu gern hätte Hathumar das Geheimnis des Tieres ergründet. Wo hatte es gelebt? Wer hatte es nach Paderborn gebracht? Wenn er wenigstens die genaue Art bestimmen könnte. Sehnsüchtig dachte der Mönch an die riesige Bibliothek in Corbie. Hier gab es nur wenige Bücher. Und doch – ein Versuch war es wert.

Hathumar ging in den kleinen Leseraum, in dem die Bücher standen. Mit raschen Handgriffen blätterte er die ledergebundenen, vielfach mit Intarsien geschmückten Werke auf und überflog die Inhalte. Beinahe hätte er die Hoffnung schon aufgegeben, da entdeckte er das Gesuchte: ein Buch über die Fauna. Nach der Schrift zu urteilen, war es einige hundert Jahre alt. Eine Kostbarkeit, die eine Laune der Geschichte nach Paderborn verschlagen hatte.

Mit klopfendem Herzen legte Hathumar das Buch auf den

Tisch und begann zu lesen. Er erfaßte die Systematik des unbekannten Autors und verschlang alles, was dieser über Insekten geschrieben hatte. Und tatsächlich – da war die Beschreibung des Skorpions, der in seiner Zelle lag. Länge, Farbe, alles paßte. Es handelte sich um einen *Buthus occitanus*, dessen Stich sehr schmerzhaft, manchmal sogar tödlich sein konnte. Die Länder, in denen der Skorpion nach Ansicht des Autors vorkam, waren von der Weltkarte verschwunden. Aber Hathumar kannte ihre heutigen Namen: Spanien und das südliche Frankenreich.

Der Mönch stellte das Buch zurück. Die freudige Erregung über den Fund wich der Enttäuschung. Insgeheim hatte er gehofft, daß der Skorpion nicht aus Spanien kam, daß er einen Beweis für die Unschuld Felix' von Urgelis präsentieren konnte. Doch so, wie es aussah, blieben der ehemalige Bischof und sein schwachsinniger Diener die Hauptverdächtigen.

Wieder in seiner Zelle, schob Hathumar den Skorpion zur Seite. In den letzten Stunden hatte er sich mit dem Epos beschäftigt, das Abt Adalhard von ihm erwartete.

Er überflog die Zeilen, die er bereits zu Papier gebracht hatte.

Es ist da ein berühmter Ort, wo Pader und Lippe fließen;
er liegt auf der Höhe in einer kahlen Ebene,
ringsum dehnt sich weit das Gelände.
Von der Höhe des Hügels kann man das Heer,
den langen Zug der Krieger überschauen,
das Lager der Herzöge und der Grafen,
die schimmernde Rüstung der Krieger.
Dorthin kommt Karl, der Held,
von vielen Tausenden gefolgt,
hier beschließt er, Quartier zu machen.

War das nicht zu sachlich, zu wenig ergreifend, zu gefühllos für ein Gedicht, das den König feiern sollte? Vergleiche Karl mit Augustus, hatte Adalhard gefordert. Aber Augustus war ein Kaiser und Karl nur ein König. Vielleicht der mächtigste, den es seit langer Zeit auf der Welt gegeben hatte, doch ein König blieb ein König. Wie konnte er Karl da Augustus nennen?

Hathumar seufzte. Er schaffte es nicht, sich auf das Gedicht zu konzentrieren. Wieder fiel sein Blick auf den Skorpion. Und dann faßte er einen Entschluß.

Die Leibgardisten hatten sich zunächst gesträubt, ihm den Weg zu dem Verlies freizugeben, in dem Aio eingesperrt war. Hathumar mußte auf seine Vollmachten pochen, die ihm König Karl erteilt hatte.

Jetzt stand er dem buckligen Diener des Felix' von Urgelis gegenüber, dessen Hände und Füße mit Ketten gefesselt waren. Der Mann hockte auf dem steinernen Boden, seine blutunterlaufenen Augen blickten traurig zu dem jungen Mönch auf.

Hathumar schlug das Leinentuch auf und hielt Aio den Skorpion vors Gesicht.

Der Diener schrak zurück. „Scorpio", sagte er mit einer unnatürlich heiseren Stimme.

„Hast du diesen Skorpion schon einmal gesehen?"

Aio schüttelte heftig den Kopf.

„Hast du ihn von Urgelis hierher, nach Paderborn, gebracht?"

Erneutes Kopfschütteln. „Non visus sum."

„Sag die Wahrheit, Aio! Dein Herr steht unter dem Verdacht, einen Bischof ermordet zu haben. Wenn du den Skorpion in der Bibel versteckt hast, mußt du die Tat gestehen!"

„Innocens", krächzte Aio. „Innocens sum."

Dann versenkte er den Kopf in den verschränkten Armen und brummte eine monotone Melodie, wobei er mit dem Oberkörper schaukelte, wie ein verängstigtes Kleinkind, das sich unsichtbar machen will.

Hathumar ließ den Skorpion im Tuch verschwinden. Es hatte keinen Zweck, weiter in den Mann zu dringen. Offenbar wollte Aio seinen Besucher vergessen.

Mit beruhigender Stimme sprach der Mönch ein Gebet. Aio brummte und schaukelte, als würde er nichts hören.

Der Papst wählte seine Worte mit Bedacht. Der Mann auf dem Klappthron, dem er gegenüberstand, entschied über sein Schicksal. Karl konnte ihn wie einen gewöhnlichen Verbrecher behandeln oder seine Autorität als Bischof von Rom anerkennen. Leo mußte den Frankenherrscher überzeugen, ihn und seine Berater.

„Da es in den Ländern des Oströmischen Reiches keinen rechtmäßigen Kaiser mehr gibt, weil, wie Ihr wißt, die Kaiserinmutter ihren Sohn hat blenden lassen, wodurch der Thronerbe zu Tode gekommen ist, und da Kaiserin Irene sich, in ihrer Ruchlosigkeit, zur Alleinherrscherin ausgerufen hat, obwohl nach altem Gesetz einer Frau der Titel des Basileus nicht zusteht, halten Wir, und mit uns die gesamte Christenheit, es für angemessen und richtig, das *nomen imperatoris* Euch, dem Frankenkönig, zu übertragen."

Der Papst machte eine Pause, um seine Rede wirken zu lassen.

„Denn Ihr besitzt Rom, wo stets die Caesaren zu residieren pflegten, außerdem beherrscht Ihr Italien, Gallien und Germanien. Gott der Allmächtige hat diese Länder Eurer Autorität unterstellt, und so entspricht es dem Wunsch der ganzen Christenheit, wenn Ihr, König Karl, auch den Titel des Kaisers tragt."

Karls Gesicht war wächsern. Kaiser! Wie lange schon hatte er sich diesen Titel gewünscht! Seine Söhne hatte er bereits zu Mitkönigen gemacht. Den Rang eines Kaisers einzunehmen, gleichgestellt dem Herrscher von Byzanz, wäre die Krönung seines Lebenswerkes.

„Wir schlagen vor", fuhr Leo getragen und feierlich fort, „daß die Krönung noch in diesem Jahr in Rom erfolgt. Alle Welt soll sehen, daß Ihr der neue Imperator und Augustus seid."

Das nachfolgende Schweigen war mit den Händen zu greifen. Niemand wagte, ein Wort zu sagen oder sich auch nur zu räuspern.

Der Papst neigte den Kopf und lächelte. Er mochte ein Mann mit Fehlern sein, aber er hatte ein gewinnendes und einnehmendes Wesen. „Ich hatte gehofft, daß Ihr meinen Wunsch freudiger aufnehmen würdet."

Karl schluckte. Seine Stimme klang noch ein bißchen heller als üblich. „Wir werden über Euren Vorschlag nachdenken, Heiliger Vater."

Leo verbeugte sich. „Ihr wißt, wo Ihr Uns findet."

Wie ein gefangenes Raubtier lief der König auf und ab. In seinem Privatgemach, nur von den engsten Beratern umgeben, hatte er die mühsam aufrechterhaltene Beherrschung abgelegt. Karls Monolog, dem die Bischöfe Hildebald, Arn und Theodulf geduldig lauschten, kreiste immer wieder um dieselben zwei Fragen: Durfte er die Gelegenheit verstreichen lassen, sich die langersehnte Kaiserkrone aufzusetzen? Oder war Leo III. nicht der geeignete Papst, eine solche Krönung vorzunehmen?

„Zweifellos hat der Papst einen Hintergedanken", warf Theodulf ein, als der Redefluß des Königs erlahmte. „Wenn er Euch zum Kaiser krönt, macht er sich selbst unantastbar.

Ihr könnt keinen Papst absetzen, der Euch gesalbt hat."

„Wir wissen nicht, ob sich der Heilige Vater schuldig gemacht hat", widersprach Hildebald. „Wir kennen nur Vorwürfe und Behauptungen. In einem jedenfalls hat er recht: Es
gibt keinen Kaiser im Osten mehr, der Thron in Konstantinopel ist vakant, seitdem Irene ihren Sohn getötet hat. Und niemand in Europa ist mächtiger und hätte die Kaiserkrone eher
verdient als König Karl."

„Denkt daran, daß Euch schon der über jeden Zweifel er-
habene Papst Hadrian Gottkaiser genannt hat", sagte Arn
von Salzburg. „Und erinnert Ihr Euch an den Brief von Bischof Cathwulf aus Britannien? Der Bischof von Rom stünde
hinter Euch an zweiter Stelle, meinte Cathwulf, Ihr aber
wäret der Stellvertreter Gottes auf Erden. Und selbst Alkuin
..."

„Richtig", fuhr der König dazwischen, „Alkuin hat mir
darüber geschrieben. Sein Brief muß in der Kanzlei liegen.
Laßt ihn holen! Ich möchte Alkuins Worte noch einmal hören."

Arn verließ den Raum und beauftragte einen Diener, den
Brief des Abtes zu besorgen.

Kurze Zeit später entfaltete der Erzbischof von Salzburg
das Papier. „Alkuin schreibt: 'Drei Männer standen bisher
in der Welt am höchsten: Zunächst die apostolische Hoheit,
die den Stuhl des seligen Apostelfürsten Petrus als Stellvertreter innehat. Was dem geschehen ist, der auf diesem Stuhl
saß, hat Eure verehrungswürdige Güte mir mitteilen lassen.
An zweiter Stelle kommt die Kaiserwürde, die weltliche
Macht im zweiten Rom. Überall ist die Nachricht verbreitet,
wie ruchlos das Reichsoberhaupt abgesetzt worden ist, nicht
durch Fremde, sondern durch die eigenen Leute und Mitbür-
ger. An dritter Stelle steht die Königswürde, in die Euch Jesus
Christus als Lenker des Christenvolkes eingesetzt hat. Ihr

überragt die beiden anderen Würden an Macht, an Weisheit und an der Erhabenheit Eurer Herrschaft. So ruht auf Dir allein das Heil der Kirche Christi, Du strafst die Verbrechen, führst die Irrenden auf den rechten Weg zurück, Du bist der Tröster der Betrübten, Du erhöhst die Guten.'"

„Wenn ich Alkuin recht verstehe", interpretierte Arn, „würde er Euch raten, die Kaiserwürde anzunehmen. Bedenkt, daß der Titel erblich ist. Er würde an Euren ältesten Sohn und dessen Nachfahren weitergegeben. Ihr wäret der Begründer einer kaiserlichen Dynastie. Noch in tausend Jahren würde man von Eurem unsterblichen Ruhm sprechen."

„Trotzdem sollten wir nichts übereilen", wagte Theodulf einen erneuten Einwand. „Wir waren uns einig, daß die Vorwürfe, die gegen den Papst erhoben werden, untersucht werden müssen. So sehr Euch die Kaiserkrone zusteht, so fatal wäre es, wenn auf die Krönung der Verdacht fallen würde, der Inhaber des Stuhles Petri habe sich damit von seiner Schuld freigekauft."

Die drei Bischöfe schauten den König erwartungsvoll an.

Karl seufzte. „Theodulf hat recht", sagte er schließlich. „Eine Krönung noch in diesem Jahr kommt nicht in Frage. Wir werden zunächst abwarten, wie sich die Dinge in Rom entwickeln. Dann werden Wir entscheiden. Bis dahin bitte ich um absolutes Stillschweigen über die Angelegenheit. Ich möchte nicht, daß am Hof darüber geredet wird."

Auf den Stirnen der Bischöfe bildeten sich tiefe Falten. Eine Frage dieser Größenordnung geheimzuhalten glich dem Versuch, durch einen Fluß zu schwimmen, ohne naß zu werden.

X. Kapitel
Die Geschäfte des Königs

Obwohl sich der König in den letzten Wintern fast ausschließlich in Aachen aufgehalten hatte, wo ein großer Dom und eine neue Pfalz entstanden waren, gab es im Frankenreich keine Hauptstadt im eigentlichen Sinn. Der König zog mit seinem Hofstaat im Reich umher, von einer Königspfalz zur anderen, und dort, wo er sich gerade aufhielt, erledigte er seine Regierungsgeschäfte. Ausländische Gesandte, die in jenen Jahren häufig ins Frankenland kamen, suchten den König an den jeweiligen Orten auf, und so scheuten auch in diesem Sommer des Jahres 799 einige weitgereiste Besucher nicht den Weg nach Paderborn.

Ein Gesandter des Statthalters Michael von Sizilien namens Daniel überbrachte neben den Grüßen seines Herrn eine Botschaft der Kaiserin Irene. Die von Feinden im Äußeren und den Intrigen ihrer Palasteunuchen bedrängte Kaiserin versuchte wieder einmal, ein Bündnis mit dem Frankenkönig zu schmieden. Zu Beginn seiner Amtszeit hätte Karl das Angebot sicherlich geschmeichelt, doch jetzt entließ er den Gesandten mit einer höflichen, aber nichtssagenden Antwort.

Weitaus wohlwollender wurde ein Mönch aufgenommen, der kurz darauf die Paderborner Burg betrat. Es war kein Benediktiner, sondern ein bärtiger Mann in griechischer Tracht, der direkt aus Jerusalem kam. Zusammen mit einigen kostbaren Reliquien ließ der Patriarch von Jerusalem seine

Segenswünsche an den König der Franken übermitteln. Dies war schon deshalb erstaunlich, weil die Kirche von Jerusalem zum Einflußgebiet Konstantinopels gehörte, wenngleich die politische Macht längst in den Händen des Kalifen von Bagdad lag, der den Christen in der Heiligen Stadt die Ausübung ihrer Religion erlaubte.

Bedeutete die Botschaft, daß sich der Patriarch von Jerusalem den Frankenkönig als Führer der Christenheit wünschte? Um näheres zu erfahren, schickte Karl Zacharias, einen fränkischen Geistlichen, mit Gegengeschenken ins Heilige Land.

Unterdessen kehrte Karls ältester Sohn, der ebenfalls Karl hieß, aus dem Osten zurück. Begleitet von einem Teil des Heeres, hatte er dort Verhandlungen mit den slawischen Stämmen der Wilzen und Abodriten geführt.

Und schließlich traf auch Karls jüngster Sohn Ludwig, der König von Aquitanien, in Paderborn ein. Ludwig war der unfähigste und unbegabteste von Karls Söhnen, mehrfach hatte man ihm schon bei Feldzügen den Befehl entziehen müssen, weil er in kritischen Situationen den Überblick verloren hatte.

Ludwig kam in der Tracht der Gascogner, er trug ein rundes Oberkleid, gebauschte Hemdsärmel, gepuffte Beinkleider und Stiefel mit Sporen.

Karl, der die derbe Kleidung der fränkischen Krieger bevorzugte, lächelte über den Aufzug seines Sohnes. „Was nutzt dir dieses Mäntelchen", spottete er, „wenn du auf freiem Feld übernachten mußt?"

Der Papst dagegen wartete vergeblich auf eine Antwort. Was die Frage der Kaiserkrönung betraf, hüllten sich der König und seine kirchlichen Berater in Schweigen.

Den Gegnern Leos erging es nicht besser. Paschalis und Campulus reisten aus Paderborn ab, ohne einen Bescheid des

Frankenherrschers mit nach Rom nehmen zu können.

Fast beneidete der Bischof von Rom seine Widersacher. Sie durften in die Stadt am Tiber zurückkehren, während er in diesem öden Land der Sachsen verweilen mußte. Woche um Woche, in Sonne und Regen, harrte der Papst vor den Toren Paderborns aus, auf eine positive Entscheidung des mächtigen Germanenfürsten hoffend. Denn ohne den militärischen und geistlichen Schutz Karls, so viel war sicher, würde er im *Lateran-Palast* zum Freiwild für seine Feinde.

Über andere kirchliche Angelegenheiten wurde, beinahe wie zum Hohn, sehr intensiv geredet. In mehreren Gesprächsrunden, zu denen sich der König, der Papst und ihre höchsten kirchlichen Würdenträger in der Aula der Königspfalz zusammenfanden, beschloß man die Gründung von fünf neuen Bistümern. Bremen, Minden, Verden, Mimigernaford und Paderborn sollten Bischofssitze werden. In Bremen wurde Bischof Willehad eingesetzt, in Mimigernaford kam der Mönch Liudger, der dort ein Monasterium errichtet hatte, zu Bischofsehren, das Bistum Paderborn würde vorläufig von Würzburg aus verwaltet werden. Letzteres, das Karl besonders am Herzen lag, stattete er am reichsten mit königlichen Gütern aus. So schenkte der König dem Paderborner Stift unter anderem das Kloster St. Medard in der Nähe von Le Mans, wo die Gebeine des heiligen Liborius ruhten.

Leo III. nahm die Schenkungsurkunden entgegen und bestätigte sie durch seinerseits ausgefertigte Urkunden. Doch so gern er die Errichtung der Bistümer und die königlichen Schenkungen auch als Zeichen dafür ansehen wollte, daß Karl bereit war, die Kaiserkrone aufzusetzen – der Frankenherrscher ging auf keine seiner Anspielungen und versteckten Anfragen ein. Karl hatte beschlossen, den Papst schmoren zu lassen.

Den König erschöpften die Regierungsgeschäfte schneller als in früheren Jahren. Auch bedauerte er, daß er immer seltener die Gelegenheit fand, zu jagen, zu fischen und zu schwimmen. Statt dessen saß er in finsteren, schlecht belüfteten Räumen und lauschte langwierigen, theoretischen Diskussionen.

Natürlich, das Reich der Franken, sein Reich, hatte sich verändert. Einst galt nur der als wahrer König, der seine Krieger auf dem Pferd anzuführen vermochte. Der König lebte von seinen Gütern und Bauernhöfen, wie die anderen Freien auch. Die jährliche Kriegsbeute wurde verteilt und schmiedete die Edlen zusammen.

Doch inzwischen hatten die Franken den römischen Luxus kennengelernt. Viele wollten nicht mehr jeden Sommer ihre Frauen allein zurücklassen, sie genossen das angenehme Leben in ihren Villen. Manche verkauften sogar ihre Güter, um nicht mehr kriegspflichtig zu sein.

Und auch der König mußte weitaus mehr beherrschen als die Kriegskunst. Es galt die Wissenschaften und die Künste zu fördern, die Bildung des Volkes zu heben und komplizierte theologische Fragen zu regeln. Der König war zum Bauherren geworden, der Kirchen und Paläste, Straßen, Brücken und Kanäle erbauen ließ.

Karl hatte die Veränderungen nicht nur akzeptiert, er hatte sie vorangetrieben. Er wollte sein Reich auf eine Stufe heben mit den alten Metropolen Rom und Konstantinopel.

Trotz allem spürte er aber auch das germanische Erbe in seinen Adern. Er liebte die nordischen Sagen, und vor allem lehnte er die strenge katholische Moral ab, die einem Mann nur eine Frau erlaubte. Selbst in seinem hohen Alter wollte er jederzeit die Freuden des Leibes genießen.

Im Halbschlaf bemerkte Karl, wie sich Gerswind, die Sächsin, von ihrem gemeinsamen Lager erhob.

Gerswind schlich über den nachtdunklen Flur. Ausgerechnet an diesem Abend mußte der König sie zu sich rufen lassen. Dabei hatte sie die Nacht einem anderen versprochen. Ungeduldig hatte sie den Moment erwartet, in dem Karl endlich eingeschlafen war. Jetzt hoffte sie, daß es ihrer Zofe gelungen war, den Liebhaber unentdeckt in ihr Gemach zu bringen und ihn auf später zu vertrösten.

Die schattenhafte Gestalt eines Mannes stand vor ihrer Tür. Sie konnte sein Gesicht nicht erkennen.

„Bist du es, Odo?" flüsterte Gerswind.

Der Schatten baute sich vor ihr auf. Zu spät sah die junge Sächsin das blitzende Messer.

Ihr Entsetzensschrei endete in einem blutigen Röcheln.

Zwei Leibgardisten rissen die Tür zu Gerswinds Gemach auf. Sie sahen gerade noch, wie ein Mann aus dem Fenster kletterte.

Der Mann rannte über den Domplatz und versuchte, zwischen den Holzhäusern auf der anderen Seite des Domes zu verschwinden. Doch inzwischen waren zahlreiche *Scara*-Männer auf den Beinen. Gegen die Übermacht seiner Verfolger hatte der Flüchtende keine Chance. Sie schlugen ihn zu Boden, verdrehten ihm die Arme und zerrten den vor Schmerz Winselnden zur Pfalz zurück.

Karl stand über seiner getöteten Konkubine und weinte. Als die Männer mit dem Gefangenen eintrafen, verwandelte sich seine Trauer in Wut.

„Warum? Warum hast du sie getötet, du Wurm?"

„Ich ... Ich habe sie nicht getötet, Hoheit", stammelte der Jüngling. „Ich war in ihrem Gemach, als es geschah."

„Wieso warst du in ihrem Gemach?" tobte der König.

„Ich ... Ich ..."

„Wer bist du überhaupt?"

„Ich bin Odo, der Sohn des Grafen Ascarius."

Karls Gesicht wurde kalkweiß. „Graf Ascarius, den ich immer für meinen Freund gehalten habe? Wie kannst du unwürdiges Geschöpf es wagen, eine meiner Frauen zu ermorden?"

„Ich habe sie nicht ermordet, Hoheit. Ich schwöre bei Gott, daß ich es nicht war."

„Heb dir deine Schwüre für den Ewigen Richter auf, dem du bald gegenübertreten wirst!" Karls Stimme bekam eine beißende Schärfe. „Aber vorher wirst du tausend Tode sterben, Odo. Das schwöre *ich* dir."

XI. Kapitel
Zu viele Verdächtige

athumar erwachte von dem nächtlichen Geschrei. Sein erster Gedanke war, daß es schon wieder ein Verbrechen gegeben habe. Er versuchte den Satzfetzen, die von draußen hereindrangen, einen Sinn zu entnehmen. Offenbar hatte man jemanden gefangen.

Mit einem mulmigen Gefühl im Bauch schwang sich der Mönch von der Holzbank und richtete seine Kutte. Der König hatte ihm die Aufklärung des Mordes an Bischof Odoaker übertragen. Und er, Hathumar, hatte schmählich versagt. Wenn eine erneute Gewalttat geschehen war, würde sich der König an den jungen Bibliothekar aus Corbie erinnern.

Vor dem Kloster traf Hathumar auf Abt Adalhard, der ebenfalls aus dem Schlaf gerissen worden war. Gemeinsam machten sie sich auf den Weg zur Pfalz.

Das Innere des Königspalastes war von Fackeln hell erleuchtet. Überall standen Wachen, und kleine Gruppen von Bediensteten tuschelten hinter vorgehaltenen Händen. An ihren betretenen Gesichtern war zu erkennen, daß ein großes Unglück geschehen war.

Adalhard hieß Hathumar, auf dem Gang zu warten, während er den mit ihm befreundeten *cancellarius* aufsuchen wollte.

Kurz darauf kam der Abt mit versteinertem Gesicht zurück.

„Eine der Friedelfrauen des Königs ist ermordet worden", flüsterte er.

„Und?" fragte Hathumar, da er merkte, daß Adalhard noch nicht alles gesagt hatte.

„Man hat Odo in ihrem Gemach entdeckt. Er versuchte zu fliehen, aber die Männer der *scara* haben ihn eingefangen."

Hathumar dachte an das Liebesgeflüster, das er vor einigen Nächten belauscht hatte.

„Odo? Ihr kennt ihn, Vater. Er ist ein liebenswerter Bursche, vielleicht ein wenig dumm und unbedarft. Glaubt Ihr wirklich, daß er eine Frau des Königs töten würde?"

„Was ich glaube oder nicht, spielt keine Rolle", sagte der Abt barsch. „Die Tatsachen sprechen gegen ihn. Der König wird Odo foltern und töten lassen, daran besteht nicht der geringste Zweifel. Und wenn wir uns ihm in den Weg stellen, wird sich sein Zorn auch auf uns richten."

„Aber wir können doch nicht zulassen ..."

„Doch, das können wir. Graf Ascarius ist ein *missus dominicus* und Freund des Königs. Überlassen wir es ihm, für seinen Sohn zu sprechen."

„Ich möchte mit Odo reden", beharrte Hathumar.

„Tu, was du nicht lassen kannst! Ich habe mit der Angelegenheit nichts zu schaffen. Du hast mir schon den Mord an Bischof Odoaker aufgehalst. Wenn ich mich doch bloß nicht bereit erklärt hätte, mit dir zum König zu gehen."

Hathumar verstand, daß sich hinter der rüden Art des Abtes die blanke Angst verbarg, Karls Gunst zu verlieren.

„Ich werde mich nicht auf Euch berufen", sagte er demütig. „Sollte ich einen Fehler begangen haben, trage ich allein die Verantwortung."

Adalhard nickte. „Ich habe von dir nichts anderes erwartet."

Odo war ein Häufchen Elend. Angekettet und aus Platzwunden blutend, lag er auf dem Steinboden.

Hathumar wischte ihm mit dem Ärmel seiner Kutte das Blut aus dem Gesicht. „Odo", flüsterte er tröstend. „Du Ärmster."

„Ich habe sie nicht ermordet", jammerte Odo. „Warum sollte ich sie töten? Ich wollte mit ihr ... Du hast uns doch gesehen. Wir liebten uns. Niemals würde ich ..."

„Ich weiß, daß du sie nicht ermordet hast", sagte der Mönch begütigend. „Erzähl mir, was geschehen ist!"

Odo erzählte, daß er am Nachmittag mit Gerswind verabredet hatte, in der Nacht zu ihr zu kommen. Doch dann hatte ihn statt der Geliebten ihre Zofe erwartet. Die Zofe sagte, der König habe ihre Herrin zu sich rufen lassen, Gerswind bitte ihn, in ihrem Gemach zu warten, sie würde kommen, sobald sich eine Gelegenheit böte.

„Plötzlich hörte ich einen Schrei, der mir durch Mark und Bein fuhr. Ich wußte sofort, daß etwas Schreckliches geschehen war. Als ich die Tür öffnete, sah ich Gerswind in ihrem Blut liegen. Ich konnte ihr nicht helfen, Hathumar, sie war bereits tot. Und dann wurde mir klar, daß man mich verdächtigen würde. Wie sollte ich meine Anwesenheit erklären? So oder so würde mich der König verurteilen. Ich habe versucht zu fliehen, ja, aber was hätte ich sonst tun sollen?"

„Du warst in einer ausweglosen Situation", stimmte Hathumar zu. „Es gab keine richtige Entscheidung."

„Und jetzt werden sie mich töten", schluchzte Odo.

„Ich will dir keinen falschen Trost spenden", sagte Hathumar. „Aber ich verspreche dir, daß ich alles daransetzen werde, den wahren Mörder zu finden."

„Ah, du bist schon bei der Vernehmung des Gefangenen", dröhnte Giselhers klare Stimme.

Hathumar drehte sich um. „Er ist nicht der Mörder."

Giselher grinste. „Nur leider stand er neben der Leiche."

„Warte!" Der Mönch richtete sich auf. „Wie ist Gerswind

eigentlich getötet worden?"

„Sie wurde erstochen."

„Lag das Messer neben der Leiche?"

„Nein."

Hathumar zeigte auf Odo. „Und er hatte es auch nicht, oder?"

„Versprech dir nicht zuviel davon", durchkreuzte Giselher Hathumars Gedanken. „Er kann es während der Flucht weggeworfen haben."

„Dann muß man es suchen, sobald es hell wird."

„Schon. Aber selbst wenn wir es nicht finden, beweist das gar nichts. Irgendjemand kann es mitgenommen haben. Dagegen könnte etwas anderes deinem Freund den Hals retten: Aio ist geflohen."

„Was?" fragte Hathumar überrascht.

„Ja. Seine Flucht wurde entdeckt, kurz nachdem Gerswind ermordet worden war. Möglich, daß sie dem buckligen Aio über den Weg gelaufen ist."

„Aber wie konnte er fliehen? Er war doch gefesselt und eingeschlossen."

„Er muß einen Verbündeten in der Pfalz haben."

Ein bewaffneter Mann tauchte im Eingang zum Verlies auf. „Marschall? Der König wünscht Euch zu sprechen." Er wandte sich an Hathumar. „Und wenn Ihr der Bibliothekar von Corbie seid, dann schließt Euch bitte dem Marschall an!"

„Oh je", seufzte Giselher. „Jetzt fängt der Ärger erst richtig an."

„Bin ich hier in einem Tollhaus?" tobte der König. „Zwei Menschen, die mir nahestanden, sind ermordet worden. Ich weiß nicht, wer es getan hat und warum er es getan hat. Dafür entflieht ein schwachsinniger Gefangener aus einem gut bewachten Verlies, und der Sohn des Grafen Ascarius schleicht durch meine Gemächer. Ich frage dich, Marschall, der du dich zusammen mit diesem angeblich so scharfsinnigen Bibliothekar aus Corbie um die Aufdeckung der Verbrechen kümmerst: Hast du eine Erklärung für all das, was hier vorgeht?"

„Nun, Hoheit", begann Giselher, „fraglos hat sich Aio, der Diener des Felix von Urgelis, nicht allein befreit. Jemand muß ihm geholfen haben. Ein Wächter ist niedergeschlagen worden, und die Ketten wurden mit einem Schlüssel geöffnet. Ich halte es für denkbar, daß Felix von Urgelis Verbündete in der Pfalz hat, oder daß er einen oder mehrere Eurer Männer bestochen hat."

„Du glaubst also, daß Felix von Urgelis hinter all dem steckt?"

„Das ist die plausibelste Lösung, Hoheit."

Hathumar war zwar anderer Ansicht, aber er wagte nicht zu widersprechen, weil er fürchtete, daß sich der König dann noch mehr aufregen würde. In seinem Hinterkopf war eine Idee aufgetaucht, die, sollte sie sich bewahrheiten, den Mordfällen eine ganz andere Wendung geben würde. Doch noch war der Gedanke zu unreif, um ihn zu äußern.

„Plausibel", höhnte Karl. „Ich möchte klare Antworten. Wer hat nun Gerswind getötet, der Sohn des Grafen Ascarius oder der Diener von Felix von Urgelis?"

„Wenn ich zwischen den beiden wählen müßte", sagte Giselher, „würde ich mich für den Diener Aio entscheiden. Derjenige, der ihn befreit hat, könnte ihm ein Messer gegeben haben. Auf seinem Fluchtweg traf Aio zufällig auf die edle Gerswind und hielt sie in der Dunkelheit für einen Mann der *scara*."

„Und du?" riß Karl den Mönch aus seinen Gedanken. „Was hast du Kluges beizutragen?"

„Odo hat sich schuldig gemacht", antwortete Hathumar

bestimmt. „Er hat Euch schändlich hintergangen, und dafür verdient er eine Strafe. Er wollte sich mit Eurer ..." Er errötete. „Eurer ..."

„Was stammelst du da?" fuhr ihn der König an.

„... mit Gerswind treffen", sagte Hathumar schnell. „Die beiden hatten sich verabredet." Wohlweislich verschwieg er, daß es nicht das erste Mal gewesen wäre. „Eine Zofe hat Odo in Gerswinds Gemach geleitet. Was die beiden vorhatten, könnt Ihr Euch denken. Deshalb gibt es für einen Mord nicht das geringste Motiv."

„Motiv? Was meinst du?"

„Wenn sich ein Mann mit einer Frau ..." Hathumar errötete erneut, „ ...vereinigen will, bringt er sie nicht vorher um. Das ist absolut unlogisch."

Der König dachte nach. „Und wenn er es nur getan hat, um mich zu treffen? Ich habe Feinde, Mönch, jeder König hat Feinde."

„Nein", widersprach Hathumar. „Ich kenne Odo, seitdem er ein Kind war. Er ist einer Eurer glühendsten Verehrer." Ein wenig Übertreibung schien dem Mönch zulässig.

„Aber er findet nichts dabei, eine Frau zu besteigen, die gerade von meinem Lager aufgestanden ist?"

Hathumar senkte den Kopf. Dazu fiel ihm wirklich keine Antwort ein.

„Na schön." Karl hielt die Audienz für beendet. „Ich werde Odo vorläufig nicht hinrichten lassen. Und euch gebe ich zwei Tage. Wenn ihr mir bis dahin den Mörder nicht gebracht habt, mache ich euch verantwortlich."

Die beiden jungen Sachsen verneigten sich.

„Was habe ich gesagt?" flüsterte Giselher, als sie weit genug entfernt waren. „Jetzt haben wir den Ärger am Hals. Wir können nur beten, daß Aio wieder eingefangen wird. Sonst läßt uns Karl die Peitsche schmecken."

Hathumar hörte nur mit halbem Ohr zu. Fieberhaft überlegte er, wie er seinen Plan in die Tat umsetzen konnte. Auf jeden Fall brauchte er einen Fürsprecher, einen mächtigeren als Giselher, soviel stand fest.

Auf die Hilfe Adalhards konnte Hathumar nicht zählen. Der Abt wehrte sich mit Händen und Füßen gegen die Bitte seines Bibliothekars. Mit einem solchen Vorschlag werde er dem König nicht unter die Augen treten. Und überhaupt, anstatt sich unnütze Gedanken zu machen, solle Hathumar lieber an das Epos denken. Der Aufenthalt in Paderborn neige sich seinem Ende zu, bis zur Abreise müsse das Gedicht vollendet sein.

Und dann erzählte Adalhard unter dem Siegel der Verschwiegenheit, daß der König beabsichtige, sich zum Kaiser krönen zu lassen. Das sei noch nicht offiziell, und deshalb dürfe das Wort Kaiser im Epos nicht auftauchen. Aber habe er, Adalhard, nicht geraten, Karl einen Augustus zu nennen, einen Imperator? Leuchtturm Europas sei ebenfalls ein treffender Ausdruck.

Wenn er nicht so beschäftigt wäre, sagte der Abt, würde er das Epos ja selber schreiben. Aber nach den vielen Ideen, die er geliefert habe, sei es für Hathumar schließlich ein Leichtes, das Gewünschte zu schreiben.

Hathumar lächelte gequält. Der König drängte ihn, sein Freund Odo erhoffte die Rettung vor Folter und Hinrichtung, und zu allem Überfluß sollte er gleichzeitig lateinische Verse zu Papier bringen. Das war mehr, als ein gewöhnlicher Mensch leisten konnte.

Um den Abt, dessen Atem schon am frühen Morgen nach

Wein stank, so schnell wie möglich loszuwerden, versprach er alles, was dieser hören wollte.

Doch sobald Adalhard die kleine Zelle verlassen hatte, sprang der Mönch auf. Einen natürlichen Verbündeten gab es noch, den er um Hilfe bitten konnte.

Hathumar verließ die befestigte Stadt und ging hinaus auf die Ebene. Er suchte die Männer auf, mit denen er von Corbie nach Paderborn gekommen war, und fand Graf Ascarius in seinem Zelt. Seitdem er ihn das letzte Mal gesehen hatte, war Ascarius um Jahre gealtert.

Mit einer matten Handbewegung bot der Graf dem Mönch einen Sitzplatz an.

„Wie konnte mir Odo das antun?" sagte er mehr zu sich selbst. „Welcher Teufel hat ihn geritten? Ich wußte ja, daß er nicht zu den Schlauesten zählt, aber eine solche Dummheit hätte ich ihm nicht zugetraut."

Hathumar nickte. „Er war töricht und dumm, aber er ist kein Mörder."

„Du weißt es, und ich weiß es auch. Trotzdem wird ihn der König hinrichten lassen. Er ist mein ältester Sohn, Hathumar. Es zerreißt mir das Herz, wenn er stirbt."

„Es gibt eine Möglichkeit, sein Leben zu retten", sagte Hathumar. „Mir ist etwas eingefallen."

Ascarius hörte aufmerksam zu. Eine leise Hoffnung glomm in seinen Augen.

Nachdem der Mönch geendet hatte, schwiegen beide.

„Und was ist, wenn du dich irrst?" sagte der Graf. „Dann stehe ich als der Dumme da. Hohn und Spott wird man über mich ausleeren."

Hathumar mochte an einen Fehlschlag nicht denken. „Wir müssen es riskieren. Es ist unser einziger Trumpf."

Eine Stunde später standen Graf Ascarius und Hathumar vor dem König. Karl war nicht begeistert, doch da ihm Ascarius als Königsbote immer treu gedient hatte, konnte er ihm die Bitte nicht abschlagen. Schließlich war der König selbst Vater und wußte, was der Graf empfand.

XII. Kapitel
Ausgrabung

Beißender Gestank stieg Hathumar in die Nase. In den letzten Tagen war es sehr heiß gewesen, und der Verwesungsprozeß hatte längst eingesetzt. Das Tuch, das sich der Mönch vor Nase und Mund gebunden hatte, konnte den süßlichen, Brechreiz erzeugenden Geruch nicht abhalten.

Auch den anderen Männern, die ihm halfen, die Leiche des Grafen Bernhard aus dem Sarg zu heben, erging es nicht besser. Hathumar hörte würgende Geräusche und biß sich auf die Lippe, um sich nicht auf der Stelle zu übergeben.

Endlich schafften sie es, den Leichnam auf dem Erdhügel, der durch die Ausschachtungsarbeiten entstanden war, abzulegen. Hathumar wankte ein paar Schritte zurück und schnappte nach frischer Luft. Langsam beruhigte sich sein Magen.

Der Friedhof befand sich außerhalb der Stadtmauern. Es gab nicht viele Gräber, hauptsächlich waren hier getaufte Sachsen beerdigt, dazu einige Franken, die während früherer Kriegszüge gestorben waren. Das Grab von Graf Bernhard war das größte und sein Holzkreuz das schmuckvollste auf dem gesamten Beinacker.

Zahlreiche Schaulustige hatten sich in gebührender Entfernung versammelt. In Windeseile war die Nachricht von der Graböffnung durch die Stadt und das Heerlager gelaufen. Auch wenn niemand wußte, warum die Leiche von Graf Bernhard aus der Erde gehoben werden sollte, dieses sonderbare Schauspiel wollte man sich nicht entgehen lassen.

Hathumar war sich bewußt, daß ihn alle angafften. Er hörte das Raunen der Menge, das wie ein angriffslustiger Bienenschwarm klang. Wie konnte der junge Mönch es wagen, flüsterte es im Rund, die Ruhe des edlen Bernhard zu stören?

Der Pesthauch des Todes erreichte die ersten Gaffer. Entsetzt wichen sie weiter zurück.

Hilfesuchend blickte Hathumar zu Graf Ascarius. Odos Vater verharrte regungslos wie eine Salzsäule. Neben ihm stand Bischof Theodulf. Hathumar spürte den kritischen Blick des Würdenträgers, sah die höhnisch gekräuselten Lippen. Er wußte, daß er sich weit, sehr weit vorgewagt hatte. Sollte er sich irren, würde er die Gunst von Abt Adalhard verlieren. Dann konnte er sich glücklich schätzen, wenn ihn dieser überhaupt noch im Kloster Corbie duldete – aber nicht als Bibliothekar, sondern höchstens als Schweinehirt.

Gemessenen Schrittes näherte sich ein grauhaariger Mann. Es war einer der Leibärzte des Königs. Hathumar hatte ihn gebeten, als Sachkundiger die Leiche zu untersuchen.

„Geht es Euch nicht gut, Bruder?" fragte der Arzt spöttisch. „Ein wenig Riechsalz gefällig?"

„Danke, ich bin wohlauf", erwiderte der Mönch. Seine Stimme klang hohl und fremd.

„Nun, dann wollen wir zur Tat schreiten. Schöner wird die Leiche ohnehin nicht mehr."

Wieder nahm der Gestank zu. Diesmal kam er Hathumar noch überwältigender vor als beim ersten Mal. Myriaden von Fliegen schwirrten inzwischen um die Leiche. Mit der linken Hand preßte Hathumar das Tuch vor die Nase. Er fühlte, wie ihm der Schweiß über die Stirn und den Rücken lief.

Scheinbar unbeeindruckt ging der Arzt in die Hocke, nachdem er ein Messer aus dem Gürtel gezogen hatte. Mit sicheren Handbewegungen schnitt er das lehmverklumpte Leichentuch auf. Hathumar wendete den Kopf ab. Der Körper, der unter dem aufgeplatzten Tuch zum Vorschein kam, war eine bläuliche und bräunliche Masse.

„Na, was haben wir denn hier?" sagte der Arzt gepreßt.

Hathumar zwang sich, hinzuschauen.

„Das hier", der Arzt zeigte auf große, schwarzumrandete Wunden, „sind eindeutig Verletzungen, die durch die Hörner des Auerochsen hervorgerufen wurden. Aber hier", er deutete auf die Herzgegend, „seht Ihr diesen Stich? Er ist viel zu schmal für einen Hornstoß. Er könnte von einem Messer oder einem kleinen *Scramasax** stammen. Mir scheint, Ihr habt recht, Bruder. Graf Bernhard ist erstochen worden. Vermutlich hat sich der Auerochse erst auf ihn gestürzt, als er bereits tödlich verwundet am Boden lag."

Hathumar nickte. Dann konnte er nicht mehr anders, als seinen Mageninhalt auf den geweihten Boden zu entleeren.

„Damit ist der Beweis erbracht, daß nicht zwei, sondern drei Morde verübt worden sind", sagte Hathumar, und ein Anflug von Triumph lag in seiner Stimme. Er schaute Karl an. Jetzt kam es darauf an, den König zu überzeugen. „Wenn wir davon ausgehen, daß ein- und dieselbe Person alle drei Morde begangen hat, bedeutet dies: Sowohl der Diener des Felix von Urgelis wie auch Odo sind unschuldig. Felix und Aio haben an der Jagd nicht teilgenommen, und Odo erreichte mit mir zusammen Paderborn, als Ihr gerade von der Jagd zurückkehrtet."

„Entschuldige, aber da kann ich dir nicht folgen", widersprach Giselher. „Warum muß für alle drei Morde nur ein einziger Täter verantwortlich sein? Was haben Graf Bernhard, Bischof Odoaker und Gerswind gemeinsam? Kann es nicht genausogut zwei oder sogar drei Mörder geben?"

„Richtig, Marschall!" lobte Bischof Theodulf. „Das hochfliegende Gedankengebäude des Bibliothekars von Corbie entbehrt der inneren Logik. Es mag zwar außergewöhnlich sein, daß innerhalb so kurzer Zeit drei Menschen gemordet werden, aber allein deswegen auf eine gemeinsame Ursache zu schließen, erscheint mir allzu kurzsichtig. Soweit ich weiß, kannten sich Graf Bernhard, Bischof Odoaker und Gerswind nicht einmal."

Einsam und verwirrt saß der König auf seinem Klappthron. Mit Feinden, die ihn auf offenem Feld angriffen, konnte er umgehen, doch dieser heimliche Tod, der durch seinen Palast schlich, machte ihm Angst.

Hathumar straffte seinen Rücken. „Erstens: Nicht Bischof Odoaker, sondern Erzbischof Hildebald sollte ermordet werden, das dürfen wir nicht vergessen. Zweitens: Die Morde tragen eine gemeinsame Handschrift. Der Mörder tritt nicht offen in Erscheinung, vielmehr plant er seine Taten sehr sorgfältig und von langer Hand. Er achtet stets darauf, daß andere verdächtigt werden. Im ersten Fall kam ihm ein Auerochse zu Hilfe. Beim beabsichtigten Mord an Erzbischof Hildebald machte er sich den Umstand zunutze, daß Aio jeden Morgen den Dom aufzusuchen pflegte. Und beim letzten Mord, dem an Gerswind, muß er gewußt haben, daß sich diese mit Odo treffen wollte.

Und damit komme ich zum dritten Punkt meiner Überlegungen: Der Mörder lebt am Hof. Er hat an der Jagd teilgenommen, und er konnte sich ungehindert in der Pfalz bewegen. Ich gehe sogar soweit zu behaupten, Hoheit, daß er sich in Eurer nächsten Umgebung befindet. Den Männern Eurer Wache ist sein Anblick so vertraut, daß er ihnen an dem Abend, als Gerswind ermordet wurde, nicht auffiel."

„Ist das alles?" fragte Bischof Theodulf.

„Nein." Hathumar holte Luft. „Es gibt noch einen vierten

Punkt. Natürlich habe ich die Einwände, die der Marschall und Bischof Theodulf erheben, erwartet. Ich habe mich selbst gefragt, was das Verbindende der Morde sein könnte. Und jetzt glaube ich, es entdeckt zu haben."

„Laß hören!" drängte Karl.

„Ihr seid es, Hoheit."

„Was sagst du da?" fuhr der König auf.

„Alle drei Mordopfer, und ich bitte dabei zu bedenken, daß es eigentlich Erzbischof Hildebald treffen sollte, kannten sich zwar nicht untereinander, aber sie standen oder stehen Euch nahe. Graf Bernhard war Euer Freund, Erzbischof Hildebald ist Euer Erzkappelan, und Gerswind schließlich ..."

Hathumar verstummte. Auch Giselher und Bischof Theodulf schwiegen verblüfft.

Theodulf räusperte sich. „Nicht schlecht, junger Mönch. Ich glaube, ich habe dich unterschätzt. Deine These ist verwegen und gleichzeitig von bestechender Schärfe."

„Danke, Exzellenz."

„Die viel entscheidendere Frage lautet jedoch: Wer ist der Täter? Hast du uns auch da einen Vorschlag zu unterbreiten?"

„Nein, darauf weiß ich keine Antwort", sagte Hathumar.

„Schade. Dann müssen wir fortan damit rechnen, das nächste Opfer zu werden."

„Mit Ausnahme des Mörders selbst." Der Mönch schaute den Bischof ausdruckslos an. „Immerhin haben wir einen Anhaltspunkt: Der Täter konnte sich einen Skorpion beschaffen. Also hat er Verbindungen zum Süden oder stammt selbst von dort."

Theodulf lächelte. „Willst du mich beschuldigen, Bibliothekar? Weil ich aus Spanien stamme und zu der Jagdgesellschaft gehörte, bei der Graf Bernhard starb?"

„Das liegt nicht in meiner Absicht, Exzellenz", sagte Hathumar ruhig.

„Was geht hier vor?" fragte Karl.

„Der Mönch hält mich für den Mörder, aber er traut sich nicht, es zu sagen", erklärte der Bischof.

Der König starrte mit offenem Mund von einem zum anderen. „Ist das wahr?"

Hathumar senkte den Kopf. Nur mit Mühe konnte er seine Enttäuschung verbergen. Er hatte gehofft, daß seine Andeutung Bischof Theodulf aus dem Gleichgewicht bringen und zu einer unachtsamen Äußerung verleiten würde.

„Nehmt es ihm nicht übel!" sagte Theodulf großmütig. „An seiner Stelle würde ich vielleicht ähnliche Schlüsse ziehen."

Wie geschickt, dachte Hathumar. Indem er sich auf meine Seite stellt, macht er sich unangreifbar.

„Bischof Theodulf ist über jeden Zweifel erhaben", polterte Karl. „Und ihr zwei seid mir dafür verantwortlich, daß der Spuk endlich aufhört. Es darf keine weiteren Morde geben, verstanden? Bringt mir den Bastard, der dahintersteckt, und ich werde euch reich belohnen."

Hathumar und Giselher verbeugten sich.

Odo hatte aufmerksam zugehört.

„Dann wird mich der König nicht hinrichten lassen?" fragte er ängstlich.

Hathumar seufzte. „Vorläufig nicht. Aber alles hängt davon ab, daß ich den Mörder finde."

„Das wirst du doch, oder?" bettelte Odo. „Du bist so klug, Hathumar, viel klüger als ich."

„Das Problem liegt woanders", sagte Hathumar nüchtern. „Ich bin davon überzeugt, daß der Täter eine hochgestellte Persönlichkeit am Hofe ist. Ich dagegen bin nur ein kleiner

Mönch, der aus Sachsen stammt. Mir fehlt die Macht, das zu tun, was ich für richtig halte." Daß er den Bischof von Orléans im Verdacht hatte, brauchte Odo nicht zu wissen.

Odos Unterlippe zitterte. Von dem kraftstrotzenden Burschen, der vor wenigen Nächten mit seinem Liebesabenteuer geprahlt hatte, war nicht mehr viel übrig geblieben.

„Laß mich nicht im Stich, Hathumar! Ich will nicht so sterben, nicht als ehrloser Verbrecher. Ich habe eine Dummheit begangen, das ist wahr. Ich hätte auf dich hören sollen. Weißt du, was die Wächter sagen? Man wird mich an den Schweifen von vier Pferden festbinden und die Pferde auseinanderjagen."

Hathumar legte seine Hand auf die Schulter des Freundes. „Ich lasse dich nicht im Stich, Odo."

„Warum kann nicht der Diener des Bischofs von Urgelis der Täter sein?" redete Odo weiter. „Er ist doch in der Nacht geflohen, als Gerswind ermordet wurde."

„Er ist genauso unschuldig wie du. Außerdem hat man ihn noch nicht gefunden."

Hathumar wirkte geistesabwesend.

„Was ist?" fragte Odo.

„Mir ist gerade etwas eingefallen, das ich überprüfen muß."

Der Mönch stand auf. „Ich besuche dich, sobald ich kann. Du darfst die Hoffnung nicht aufgeben!"

Odo nickte tapfer.

Felix von Urgelis lächelte, als er Hathumar sah. „Sei willkommen, junger Mönch! In diesen Tagen besuchen mich nicht viele Menschen. Um ehrlich zu sein: Niemand klopft an meine Tür. Ich lebe wie ein Eremit."

Hathumar blieb stehen. „Aio ist unschuldig."

„Ich weiß, daß er unschuldig ist", sagte Felix sanft. „Er ist so unschuldig wie ein Lamm. Niemals könnte er einem Menschen etwas zuleide tun."

Aus dem oberen Stockwerk drang ein Geräusch. Hathumar tat so, als habe er nichts gehört.

„Falls Ihr ihn seht, sagt ihm, daß er sich noch eine Weile verstecken soll. Ich hoffe, daß wir den Mörder bald überführen können."

„Ich werde es ihm sagen."

Hathumar wandte sich zum Gehen. „Und wenn ich Euch etwas raten darf, Felix: Dieses Haus ist kein sicheres Versteck. Die *scara* des Königs könnte hier auftauchen und nach Aio suchen."

Felix blickte zu Hathumar auf. „Er wird erfreut sein, von deinen Ratschlägen zu hören."

„Ich habe nichts gesagt", erwiderte Hathumar. „Ich war nicht einmal hier."

Felix grinste. „Ich habe dich bereits vergessen."

Dann suchte Hathumar den Bäcker, der Aio an jenem Morgen gesehen hatte, als Bischof Odoaker von einem Skorpion gestochen wurde.

XIII. Kapitel
Zwei schöne Frauen

Hathumar hatte keinerlei Erfahrung im Umgang mit Frauen. Im Kloster von Corbie gab es keine Frauen, nur sonntags durften die Bäuerinnen und Mägde der Umgebung die Klosterkirche betreten. Und selbstverständlich war es den Mönchen verboten, mit ihnen zu reden.

So stammten Hathumars Kenntnisse des weiblichen Wesens aus seiner Kindheit, bestanden aus der Erinnerung an seine Mutter und seine Schwestern. Die Frauen seines Dorfes hatten hart arbeiten müssen. Feldarbeit war zum größten Teil Frauenarbeit, und ab dem zwölften oder dreizehnten Lebensjahr brachten die verheirateten Frauen ein Kind nach dem anderen zur Welt. Viele Mütter starben im Kindbett, nur wenige erlebten dreißig Winter. Dann galten sie als alt und verbraucht, mit eingefallenen, zahnlosen Mündern verzehrten sie ihr Gnadenbrot, während sich der Ehemann oft eine Jüngere nahm, um weiter Kinder zu zeugen.

Allerdings gab es einen geheimnisvollen Ort, an dem die Frauen unter sich waren, den kein Mann betrat: die Spinnstube. Im Sommer, wenn die Männer auf dem Kriegszug waren, versammelten sich die Frauen in der Spinnstube und sponnen gemeinsam das Garn. Hathumar erinnerte sich an das Mißtrauen seines Vaters, der sich stets abfällig über die *weibliche Spinnerei*, wie er es nannte, ausließ. Als Junge hatte er nicht verstanden, was sein Vater damit meinte.

Die beiden Frauen, die ihm jetzt gegenübersaßen, waren

ganz anders als die Frauen seines Dorfes. Sie waren in kostbare Stoffe gekleidet und rochen angenehm. Ihren Händen konnte man ansehen, daß sie keine schwere Arbeit verrichten mußten, ihre Gesichter waren nicht von Wind und Wetter gegerbt, in ihren Mündern blitzten gesunde Zähne. Hathumar wurde sich auf einmal bewußt, daß er ein Mann war und nicht unempfänglich für weibliche Schönheit. Und diese beiden waren keine unnahbaren Heiligen, sondern ganz und gar irdische Wesen.

Die Frauen kicherten.

Der Mönch spürte, wie ihm das Blut in den Kopf schoß. Sein Blick irrte suchend umher, nach einem unverfänglichen Halt, der ihm gestattete, wieder ruhig zu atmen.

Es war nicht einfach gewesen, die Erlaubnis für den Besuch zu bekommen. Hathumar hatte den *cancellarius* aufgesucht und auf seine Vollmachten gepocht, doch dem Beamten schien die Angelegenheit so heikel, daß er die Entscheidung dem König selbst überlassen wollte. So mußte Hathumar einige Stunden warten, denn Karl war mit wichtigeren Dingen beschäftigt.

Madelgard und Regina, die beiden überlebenden Konkubinen des Königs, wohnten in einem Steinhaus am nördlichen Rand der Pfalz. Die Stube, in die man Hathumar schließlich eingelassen hatte, war ausgestattet mit weichen Samtkissen, die in allen Farben schillerten.

„Was ich von Euch erfahren möchte", sagte Hathumar mit einer Stimme, die ihm selbst fremd vorkam: „Wußtet Ihr, daß sich Gerswind mit Odo treffen wollte?"

Madelgard sah Regina an und kicherte erneut. „Sie hat es uns nicht gesagt, aber wir haben geahnt, daß ein anderer Mann im Spiel war. Gerswind hat sich in letzter Zeit merkwürdig benommen. Sie war fröhlich und tat geheimnisvoll, eben wie eine – Verliebte."

„Könnte jemand anderes davon gewußt haben?"

„Mit Sicherheit war ihre Zofe eingeweiht", sagte Regina.

„Und sonst? Hatte Gerswind eine Vertraute oder einen Vertrauten in der Pfalz?"

Die beiden Frauen dachten nach.

„Nein", antwortete Madelgard.

„Ist Euch an dem Tag, als Gerswind getötet wurde, etwas aufgefallen? Ist sie von jemandem besucht worden?"

Ein heftiges Pochen an der Tür unterbrach ihre Konversation. Bevor Madelgard oder Regina antworten konnten, stürmte Giselher herein. Die Zornesader auf seiner Stirn war unübersehbar. Flüchtig begrüßte er die Frauen, indem er einen Handkuß andeutete, dann fuhr er Hathumar barsch an: „Wieso hast du mir nichts gesagt? Seit wann machst du Alleingänge?"

„Es erschien mir nicht so wichtig", antwortete der Mönch ausweichend.

„Wichtig oder nicht – ich möchte über jeden deiner Schritte unterrichtet sein. Vergiß nicht, daß wir dem König *gemeinsam* verantwortlich sind."

„Aber Marschall!" sagte Madelgard tadelnd. „Seid Ihr nicht zu streng mit dem Bruder? Er ist so ein liebenswürdiger und keuscher junger Mann."

Hathumar errötete erneut.

Madelgard schenkte ihm einen koketten Augenaufschlag. „Und wir haben ihm bestimmt keine Geheimnisse verraten."

„Und wenn schon", knurrte Giselher.

Nach dem kurzen Geplänkel wiederholte Hathumar seine Frage.

Sowohl Madelgard wie auch Regina versicherten, daß sie an dem besagten Tag nichts außergewöhnliches bemerkt hätten.

Doch Hathumar war das kurze Zögern Reginas nicht entgangen. Und auch nicht der Blick, mit dem sie Giselher streifte.

Hathumar wartete, bis die Nacht hereingebrochen war, bevor er sich erneut zum Haus der Konkubinen aufmachte. Nachdem er sich vergewissert hatte, daß niemand in der Nähe war, schlich er zu einem Fenster und klopfte zart gegen die milchige Scheibe. Das mulmige Gefühl in seinem Bauch wurde stärker. Neben der Furcht, der *scara* in die Hände zu fallen und einem peinlichen Verhör unterzogen zu werden, kam die Sorge, des Königs Wahl könnte in dieser Nacht auf Regina gefallen sein. Dann wäre er das Wagnis völlig umsonst eingegangen.

Nach einer Weile wiederholte er das Klopfen, diesmal etwas stärker.

Im Inneren fluchte eine weibliche Stimme. Sie klang weder nach Regina noch nach Madelgard.

Plötzlich wurde das Fenster aufgestoßen, der Schein einer Kerze beleuchtete ein rundes, derbes Frauengesicht.

„Was willst du? Was soll das Geklopfe?"

„Ich möchte mit Regina sprechen", wisperte Hathumar.

Die Frau lachte. „Das wollen viele. Meine Herrin hat sich bereits niedergelegt. Versuch es morgen noch mal!"

„Bitte!" Hathumar machte eine beschwörende Handbewegung. Die Frau würde noch ganz Paderborn aufwecken. „Sag ihr, der Mönch, der sie am Nachmittag besucht habe, wünsche sie zu sehen."

„Männer!" Kopfschüttelnd verschloß die Zofe das Fenster.

Hathumar horchte in die Nacht. Jeden Moment glaubte er, die schweren Schritte von bewaffneten Männern zu hören.

Nach einer Ewigkeit öffnete sich das Fenster zum zweiten Mal. Die Stimme der Zofe war zwar immer noch abweisend, aber um einiges höflicher: „Kommt auf die andere Seite! Ich geleite Euch hinein." Zum Glück lag die Vorderseite des Hauses ebenfalls im Dunkeln. Schemenhaft erkannte Hathumar die Gestalten zweier Krieger, die den Eingang zur Pfalz bewachten. Falls sie ihn entdeckten, würde er sich neben Odo im Verlies wiederfinden. War es das wert?

Er schaffte es, ein Stoßgebet zum Himmel zu senden. Dann winkte ihn eine breite Hand durch den geöffneten Türspalt.

Schlaftrunken kuschelte sich Regina in einen weiten Hausrock. Ihre dunklen Augen blickten müde, doch um den Mund kräuselte sich das frivole Lächeln, das er bereits kannte. „Ich hätte nicht gedacht, Euch so schnell wiederzusehen."

„Ich komme nicht wegen Euch", sagte Hathumar schnell, begriff, welchen Unsinn er redete, und verhaspelte sich prompt: „Ich meine, ich ..."

Regina überging die Verlegenheit des Mönches. „Setzt Euch, Bruder!"

„Danke." Hathumar schluckte. „Verzeiht, daß ich Euch so spät störe! Ich wollte vermeiden, daß mich jemand sieht."

„So?"

„Nicht aus dem Grund, den Ihr vielleicht annehmt."

„Welcher Grund sollte das sein?" Ihre Augen bohrten sich in die seinen. Hathumar hatte das Gefühl, keine Luft mehr zu bekommen.

„Ich ... ich hatte den Eindruck, daß Ihr mir nicht alles gesagt habt."

„Wie kommt Ihr darauf?"

„Ein Gefühl, nichts weiter. Nennt es, wie Ihr wollt. Vielleicht die Art, wie Ihr Giselher angesehen habt."

„Der Marschall ist Euer Freund, nicht wahr?" forschte die Konkubine.

„Wir sind als Kinder gemeinsam aufgewachsen. Danach haben wir uns aus den Augen verloren. Erst hier, in Paderborn, hat uns der Zufall wieder zusammengeführt. Meine

117

Freude, ihn nach so langer Zeit zu sehen, bedeutet nicht ...", Hathumar suchte nach den richtigen Worten, „... daß ich ihm bedingungslos vertraue."

„Ihr seid also auch ein Sachse?"

„Ja. Ich bin als Geisel zum Kloster von Corbie gekommen."

Regina schaute ihn prüfend an. „Warum sollte ich Euch vertrauen? Der Marschall könnte Euch vorgeschickt haben, damit Ihr mich aushorcht. Er ist ein mächtiger Mann am Hof. Man sagt, daß der König ihm wohlgesonnen ist und ihm höhere Aufgaben anvertrauen will."

Der Mönch hob die Hand zum Schwur. „Ich schwöre bei Gott, daß ich Euch nicht verraten werde."

Die Konkubine nickte. „Gerswind wohnte nicht hier, bei Madelgard und mir, sie hatte eine Kammer in der Pfalz. Sie war", Regina verzog das Gesicht, „in letzter Zeit die Favoritin des Königs. Deshalb weiß ich nicht, welchen Umgang sie pflegte. Aber am Tag ihres Todes, da hat sie sich mit dem Marschall gestritten."

„Woher wißt Ihr das?"

„Die beiden standen vor dem Dom. Ich bin zufällig dort vorbeigekommen, weil ich etwas einkaufen wollte."

Hathumar beugte sich vor. „Worüber haben Gerswind und Giselher gestritten?"

Regina zuckte mit den Schultern. „Ich verstehe kein Sächsisch. Gerswind gehörte auch zu Eurem Stamm."

„Und wie kommt Ihr darauf, daß sie einen Streit hatten?"

„Das sah man. Gerswind war sehr wütend."

Hathumar bemühte sich, seine Enttäuschung zu verbergen.

Die schöne Frau lächelte. „Habt Ihr mehr erwartet, Bruder?"

„Ich bin Euch zu großem Dank verpflichtet." Er stand auf. „Aber nun will ich Eure Nachtruhe nicht länger stören."

Regina erhob sich ebenfalls. „Von Euch lasse ich mich gerne stören."

Sie kam näher. Hathumar schluckte, sein Mund war trokken.

„Ich ... ich muß jetzt gehen" stammelte er und ging eilig zur Tür, um nach draußen zu flüchten. Von den Lockungen, die seine Sinne betörten, war er so verwirrt, daß er die Männer erst bemerkte, als sie ihn eingekreist hatten.

„Sieh an!" dröhnte ein bärtiger Krieger. „Wen haben wir denn da?"

Hathumar taumelte entsetzt zurück – und stieß gegen Regina, die ihm gefolgt war.

Die Konkubine packte ihn an den Schultern und zog ihn zur Seite.

„Was erlaubt ihr euch?" fuhr sie die Krieger an. „Seht ihr nicht, daß er ein Priester ist? Meine Zofe ist schwer erkrankt. Ich habe ihn rufen lassen, damit er ihr Trost spenden kann."

Trotz der Angst, die ihn beinahe überwältigte, brannten auf Hathumars Rücken die beiden Stellen, die Reginas Brüste berührt hatten.

XIV. Kapitel
Spurensuche

Das Pferd genoß die Bewegung. Es hatte die letzten Wochen fast ausschließlich im Stall gestanden, jetzt trabte es locker und leicht durch die sächsischen Wälder.

Hathumar beugte sich vor und suchte nach Spuren. Auf dem ausgetrockneten Waldboden waren Hufabdrücke nur schwer zu erkennen. Ein kräftiger Regenguß in der vergangenen Nacht hätte ihm die Aufgabe leichter gemacht.

Doch nach und nach fühlte er sich sicherer. Als Junge hatte er seinen Vater bei der Jagd begleitet. Beinahe verschüttete Erinnerungen an das, was ihm sein Vater beigebracht hatte, kehrten zurück. Er achtete auf frisch zersplitterte Ästchen und umgeknickte Zweigspitzen in Schulterhöhe von Pferden.

Am frühen Morgen war Hathumar zur Pfalz gegangen, um Giselher zur Rede zu stellen. Aber der hatte sein Gemach bereits verlassen.

Der Marschall wolle ausreiten, sagte ein Diener.

„Allein?" fragte der Mönch.

Der Diener bejahte.

Hathumar überlegte, ob er zu den königlichen Ställen gehen sollte. Vielleicht würde er den Freund dort noch erwischen. Dann entschied er sich anders. Mehr seinem Gefühl als der Vernunft folgend, holte er sein eigenes Pferd aus dem Stall des Klosters und machte sich an die Verfolgung, nachdem er sich bei den Stallknechten erkundigt hatte, in welche

Richtung der Marschall davongeritten war.

Was hatte Giselher vor? Je länger der Ritt dauerte und je tiefer er in die sächsischen Wälder führte, desto merkwürdiger kam Hathumar die Sache vor. Für einen kleinen Ausritt am Morgen, zur Belebung des Geistes und der Glieder, hatten sie sich viel zu weit von Paderborn entfernt. Und gegen einen Trupp Räuber hatte ein einzelner Mann, mochte er auch jung und bewaffnet sein, keine Chance.

Einen Augenblick später fiel Hathumar ein, daß dieselbe Überlegung auch auf ihn zutraf, zumal er die Kutte eines katholischen Mönches trug. Hier in der Gegend gab es genügend unzufriedene Sachsen, die nicht gut auf die katholische Kirche zu sprechen waren.

Hathumar schüttelte den Gedanken ab. Er war zu neugierig, um die Verfolgung abzubrechen. Erst mußte er herausfinden, was Giselher im Schilde führte.

Zwei Stunden später öffnete sich der Wald zu einer Brachlandschaft. Und weit hinten, am Abhang eines kleines Hügels, stand eine Reihe von Zelten. Hathumar sah Krieger, die an Lagerfeuern kauerten, während neben dem Zeltlager eine Herde Pferde graste. Er konnte die Feldzeichen der Männer nicht erkennen, aber in einem Punkt war er ganz sicher: Es handelte sich nicht um Franken.

Und plötzlich fiel ihm ein, warum ihm die Landschaft so bekannt vorkam: Das Dorf, in dem er aufgewachsen war, lag ganz in der Nähe. Sein Herz schlug schneller. Nach mehr als zehn Wintern war er in seine Heimat zurückgekehrt.

Hathumar lenkte sein Pferd in den Wald zurück. Giselhers Spuren führten geradewegs zum Lager der fremden Krieger.

Fast jeder Baum kam ihm jetzt vertraut vor. Als Kind war er hier durch den Wald gestreift, mit Thorbald und den anderen

Jungen seines Dorfes. Neben der Freude über das Wiedererkennen wuchs ein Gefühl der Beklommenheit. Was würde er vorfinden? Lebten seine Eltern noch? Oder war das Dorf in den Kriegswirren untergegangen?

Voller Unruhe trieb Hathumar sein Pferd an. Und dann sah er das Dorf vor sich liegen. Es war viel kleiner, als er es in Erinnerung hatte. Nicht mehr als zwanzig Holzhäuser an den Ufern eines schmalen Flusses. Das Dorf lag in einem Tal, umgeben von einer Hügelkette. Er suchte die Häuser ab, einige waren neu gebaut worden. Ja, dort, am hinteren Ende, stand sein Elternhaus.

Hathumar schlug dem Pferd die Hacken in die Seiten und preschte den Hügel hinunter. Einige Frauen, die auf den Feldern arbeiteten, schauten auf. Ihre Blicke verfolgten den Mönch, der mit wehender Kutte durch das Dorf ritt. Schreiende Kinder rannten hinter ihm her, bis er vor dem Grubenhaus vom Pferd sprang und das Tier festband.

„Ein Mönch", brüllten die Kinder. Die mutigeren riefen ihm zu: „Wer bist du? Was machst du hier?"

Vom Geschrei aufgestört, öffnete eine junge Frau die Tür. In ihrem Arm hielt sie einen Säugling. Hathumar und die Frau schauten sich an.

„Gerhild." Seine Augen wurden feucht.

„Hathumar?" In ihrem Blick lag ungläubiges Erstaunen.

Er nickte. Dann umarmte und küßte er seine Schwester.

„Unsere Eltern sind vor drei Wintern gestorben", berichtete Gerhild. „Zuerst Mutter, und einige Monate danach Vater. Ich glaube, er wollte nicht mehr leben, als sie tot war."

Hathumar wischte sich eine Träne aus dem Auge. Sie saßen auf dem Strohlager mitten in der Grube. Zwei kleine Kinder, ein Mädchen und ein Junge, tollten um sie herum.

„Auch Fredegard lebt nicht mehr", erzählte Gerhild weiter. „Sie ist im Wochenbett gestorben, nach der Geburt ihres siebten Kindes. Ihr Mann ist mit den Kindern fortgezogen. Ja, Hathumar, wir sind die einzigen, die von unserer Familie übrig geblieben sind."

Er betrachtete die kräftige Gestalt seiner jüngeren Schwester. Sie war noch keine zwanzig Jahre alt, und doch hatte sie schon fünf Kinder zur Welt gebracht. Zwei von ihnen, hatte sie ihm erzählt, waren kurz nach der Geburt gestorben.

Nun war Hathumar an der Reihe. Er schilderte seine Erlebnisse als Geisel, die lange Reise in den äußersten Westen des Frankenreiches, das Klosterleben in Corbie, wie seine Liebe zu den Büchern entstanden war und daß ihn der Abt zum Bibliothekar berufen hatte.

„Du kannst lesen und schreiben?" staunte Gerhild.

„In mehreren Sprachen", sagte er stolz, bereute seinen Hochmut und fügte bescheidener hinzu: „Ich hatte das Glück, von einem guten Lehrer unterrichtet zu werden. Jeder kann lesen und schreiben lernen, weißt du?"

Gerhild schüttelte fassungslos den Kopf. „Und warum bist du hergekommen? Du willst doch nicht hier leben, oder?" Sie schaute ängstlich auf seine Kutte. „Es gibt hier etliche, die christliche Priester nicht mögen."

„Ich bin kein Priester. Ich bin ein Mönch. Ich werde wieder in mein Kloster zurückkehren." Dann erzählte er von der Reise nach Paderborn und dem Auftrag, den ihm Abt Adalhard erteilt hatte. Schließlich erwähnte er Giselher. „Du kennst Giselher. Er ist mit mir als Geisel fortgegangen. Früher hieß er Thorbald."

Gerhild zuckte zusammen. „Thorbald, ja. Ich habe von ihm gehört."

„Das kann nicht sein. Thorbald oder Giselher ist der Marschall des Königs, ein einflußreicher Mann am Hof."

„Versteh mich nicht falsch, Hathumar", sagte sie zögernd.

„Ich bin getauft wie alle anderen. Trotzdem habe ich den christlichen Glauben nie richtig verstanden. Es gibt nur einen Gott, aber der ist gleichzeitig drei. Gott ist kein menschenähnliches Wesen, aber er hat einen menschlichen Sohn. Das ist für eine einfache Frau zu hoch."

Hathumar lächelte. „Es ist nicht einfach zu begreifen, ich weiß. Erinnerst du dich an die Urkraft, von der man uns erzählt hat, als wir Kinder waren? Jene Kraft, die vor allem anderen da war, vor den Göttern und vor den Riesen? Gott ist so ähnlich wie diese Kraft. Er hat die Welt erschaffen, er sieht uns und lenkt unsere Taten. Anders als die sächsischen Götter, die Fehler und Schwächen haben, steht er für das Gute. Und weil er uns liebt, hat er uns seinen Sohn gesandt, der den Menschen die richtige Lehre verkündete."

Gerhild nickte, schien aber nicht recht bei der Sache zu sein. „Es ist nicht so sehr der Glaube, ob viele Götter oder einer. Es ist der Zehnt, der die Leute aufbringt. Daß wir den zehnten Teil unserer Ernte bei der Kirche abliefern müssen. Mein Mann und ich halten uns da raus. Wir wollen keinen Krieg."

Hathumar schaute sie verständnislos an. „Krieg? Wovon redest du?"

Oben öffnete sich die Tür, und ein untersetzter Mann mit breiten Schultern stieg in die Grube hinab. Seine rechte Hand lag auf dem Griff des Messers, das in seinem Gürtel steckte. Feindselig starrte er Hathumar an.

„Wer ist das?" fragte der Mann Gerhild. „Was macht der in meinem Haus?"

Hathumar und Gerhild standen auf.

„Das ist mein Bruder Hathumar", stellte Gerhild vor. „Die Franken haben ihn vor vielen Wintern als Geisel genommen." Und zu Hathumar gewandt: „Wolfgang, mein Mann."

„Ich freue mich, dich zu sehen", sagte Hathumar freundlich.

Wolfgangs Miene blieb abweisend. „Bruder oder nicht, mit deiner Kutte bringst du uns nur Ärger. Ich möchte, daß du so schnell wie möglich verschwindest."

Hathumar schluckte. Er bemühte sich, seine Enttäuschung nicht zu zeigen. „Es tut mir leid. Ich wollte euch keinen Ärger bereiten."

Gerhild ging zu ihrem Mann. „Rede nicht so mit ihm! Er ist gekommen, um mich zu besuchen."

„Ach was." Wütend zeigte Wolfgang auf den Mönch. „Schau ihn dir an! Mit seiner verdammten Kutte ist er mitten durchs Dorf geritten. Alle haben ihn gesehen. Es dauert nicht lange, dann erfährt auch Thorbald davon."

Thorbald! Hathumar fragte sich, welcher Thorbald gemeint war. Es konnte sich doch unmöglich um Giselher handeln.

„Auf dem Weg hierher habe ich ein Heerlager gesehen", sagte er beiläufig. „Weißt du, wer sich dort versammelt?"

„Nein." Wolfgang schaute zu Boden. „Das geht uns nichts an."

„Ich habe dir doch gesagt, daß wir damit nichts zu tun haben", pflichtete Gerhild ihrem Mann bei.

Hathumar verstand kein Wort, außer, daß die beiden ihm nicht vertrauten. Es blieb ihm keine andere Wahl, er mußte selbst herausfinden, was in dem Heerlager vor sich ging. Aber in der Mönchskutte würde er sofort auffallen.

„Eine Bitte habe ich noch, bevor ich verschwinde ..."

Hathumar hatte sein Pferd angebunden und ging zu Fuß weiter. An die neue Kleidung mußte er sich erst noch gewöhnen. Er trug Hosen und ein leinenes Oberkleid, die Tracht der sächsischen Freien. Die Kleidungsstücke stammten von Wolfgang und klebten dem großgewachsenen Mönch am Leib. Doch im Schutz der Dunkelheit würde es niemand bemerken.

Das Heerlager war seit dem Mittag gewachsen. Eine große Zahl von Kriegern hatte sich zwischen den Lagerfeuern versammelt. Die Männer lauschten den Worten ihres Anführers, der auf einem offenen Karren stand und mit lauter Stimme redete.

Hathumar näherte sich der Menge und mischte sich unter die hinteren Reihen. Abgesehen davon, daß er keine Waffen trug, unterschied er sich nicht von den anderen Sachsen.

Schon an der Stimme hatte er Giselher erkannt. Der Marschall hatte seine Hofkleidung abgelegt und trug ebenfalls sächsische Tracht.

„Bei Wodan und Donar", rief Giselher, „wir werden die Schmach von Verden tilgen. Die Franken sollen lernen, daß sie unser Volk niemals besiegen können. Sie glauben, weil *Herzog Widukind** und andere Edle dem König der Franken die Füße geküßt haben, seien sie die Herren unseres Landes. Sie werden ihren Irrtum bitter büßen. Wir werden sie vom sächsischen Boden vertreiben."

Beifälliges Gemurmel stieg aus der Menge empor.

„Sobald König Karl tot ist", fuhr Giselher fort, „beginnen wir unseren Angriff. Der Tod ihres Herrschers wird die Franken kopflos machen. Sie sind uns an Zahl überlegen, doch unser Mut und unsere Entschlossenheit wird uns zehnfache Stärke verleihen. Am Ende, darauf gebe ich euch mein Wort, werden wir das Schlachtfeld als Sieger verlassen."

„Hoch Thorbald!" schrie die Menge. „Hoch unserem Herzog!"

XV. Kapitel
Erklärungen

Giselher stutzte, als er Hathumar erblickte, der am Wegesrand wartete. Dann lachte er schallend auf. „Hathumar, du!"

Der Mönch, der immer noch die Kleidung seines Schwagers trug, blieb ernst. „Ja, ich."

Giselher stieg vom Pferd. Jetzt standen sich die beiden Männer Auge in Auge gegenüber.

„Von dir hätte ich am wenigsten erwartet, daß du deine Kutte ablegst und dich unserer Sache anschließt."

Er wollte Hathumar umarmen, doch der stieß ihn zurück.

„Ich habe meine Kutte nicht abgelegt. Und die einzige Sache, der ich mich verschreibe, ist der Auftrag Jesu."

„Und was ist das?" Belustigt zeigte der Marschall auf die zu kurz geratene Tunika.

„Ich habe meine Kutte nur vorübergehend vertauscht. Weil ich unerkannt die Versammlung am gestrigen Abend besuchen wollte, bei der du deine Kriegsrede gehalten hast."

Der andere brauchte ein paar Augenblicke, um das Gehörte zu verdauen. „Du hast mich verfolgt. Ein elender Spitzel, das bist du also!" In seinen Augen blitzte Wut. „Und nenn' mich nicht mehr Giselher! Mein Name ist Thorbald."

„Wie du willst. Für mich ist der Name nicht wichtig."

„Aber für mich. Begreifst du nicht, warum ich den Namen Giselher angenommen habe? Er sollte mich daran erinnern, daß ich eine Geisel der Franken bin. Jedesmal, wenn man mich rief, hat man mir einen neuen Grund gegeben, ihre Knechtschaft zu verabscheuen, mich an jenem König zu rächen, der sich im Namen deines Herrn Jesu zum Besatzer unseres Landes aufgeschwungen hat."

„Für eine Geisel erging es dir nicht schlecht", versetzte Hathumar. „Noch vor wenigen Tagen hast du vom angenehmen Leben am Hof des Königs geschwärmt."

„Eine Finte, nichts weiter. Ich wußte, daß ich dir nicht vertrauen konnte. Die ganzen Jahre habe ich den heutigen Tag herbeigesehnt. Oh ja, ich war schlau genug, meine Verachtung zu verbergen. Ihnen meinen Haß ins Gesicht zu schleudern, wäre sinnlos gewesen. Sie hätten mich ausgelacht und als Sklave aufs Feld geschickt. Mich bei ihnen einzuschmeicheln, am Hof aufzusteigen, gehörte zu meinem Plan. Ich wollte zum engsten Kreis Karls gehören, ihm so nah kommen, daß ich ihm mein Schwert in den Leib stoßen kann."

Der Mönch schüttelte den Kopf. „Das ist doch Wahnsinn."

„Wahnsinn? Das sagst du? Wer hat den Franken das Recht gegeben, uns von unseren Eltern wegzureißen und in ein fremdes Land zu bringen. Ich kann mich erinnern, wie du sie in jenen Tagen verflucht hast."

„Damals war ich ein Kind. Ja, es stimmt, sie hatten kein Recht, uns als Geisel zu nehmen. Aber im Kloster hat man mich Dinge gelehrt, die ich in dem mir vorbestimmten Leben nie erfahren hätte. Heute bin ich dem Schicksal dankbar, das mich nach Corbie geführt hat."

Hathumar schaute Thorbald eindringlich an. „Und du! Du bist Marschall. Du könntest sogar Markgraf oder Königsbote werden. Vertraut man einem Feind ein solches Amt an? Es herrscht Friede zwischen den Völkern der Franken und der Sachsen. Friede ist ein kostbares Gut, das man nicht zerstören sollte."

Thorbald machte eine wegwerfende Handbewegung. „Ich

scheiße auf den Marschall. Und der Friede, von dem du sprichst, ist ein Besatzerfriede. Der ist nichts wert. Wenn du bei der Versammlung warst, hast du gehört, daß mich die Sachsen zu ihrem Herzog gewählt haben. Davon habe ich immer geträumt. Herzog zu sein ist das Höchste, was ich mir gewünscht habe. Jetzt bietet sich die Gelegenheit, die Franken zu schlagen. Ich bin ganz dicht vor dem Ziel, Hathumar, und du wirst mich nicht davon abhalten.

„Aber warum?" beharrte der Mönch. „Warum ein erneutes Blutvergießen?"

„Hast du vergessen, daß Karl die Irminsul zerstört hat?" fuhr ihn Thorbald an. „Hast du das Blutbad von Verden vergessen? Viertausendfünfhundert Männer sind dort ermordet worden, von deinem geliebten König Karl. Nicht auf dem offenen Schlachtfeld, mit der Waffe in der Hand, sind sie gestorben. Sie hatten sich ergeben, sie waren Gefangene. Da hat man sie wie Lämmer zur Schlachtbank geführt, bis sich das Wasser der Aller vom Blut rot färbte. Mit welchem Recht, Hathumar? Sie waren Krieger. Sie haben ihr Land verteidigt, so wie es die Franken erobern wollten."

„Karl war ein grausamer Herrscher", gab Hathumar zu. „Aber seit der Zerstörung der Irminsul und dem Blutbad von Verden sind viele Winter vergangen. Manches hat sich geändert. Auch der König ist älter geworden. Hat er nicht die strenge *Capitulatio de partibus Saxoniae** abgeschafft? Das heutige *Capitulare Saxonicum** stellt die Sachsen mit den anderen Völkern des Reiches gleich."

„Du weißt nicht mehr, woher du kommst", grollte der Herzog. „Du redest wie ein Franke."

„Nein, ich werde immer ein Sachse bleiben. Und mir ist auch klar, daß nicht alles zum besten bestellt ist. Ich wollte, man würde die Lehre Christi mit der gleichen Inbrunst predigen, mit der man den Zehnt eintreibt. Statt dessen hat man den Sachsen unfähige Geistliche geschickt, die sich eher zu Räubern als zu Predigern eignen. Trotzdem rechtfertigt das alles keinen Krieg. Viele unserer besten Männer müßten für deinen Traum von Herrschaft sterben. Vielleicht kannst du heute eine Schlacht gewinnen. Doch spätestens im nächsten Sommer werden die Franken zurückkehren und sich blutig rächen. Es ist unser Volk, das Volk der Sachsen, das den größten Blutzoll leisten müßte."

„Rede nicht von *unserem* Volk!" herrschte ihn Thorbald an. „Du bist ein Spitzel des Königs." Er hielt inne, in seinem Gesicht spiegelte sich Mißtrauen. „Wieso bist du mir eigentlich gefolgt? Woher wußtest du von der Versammlung?"

„Ich wußte nichts von der Versammlung. Ich bin dir gefolgt, weil ...", Hathumar holte Luft, „... ich Verdacht gegen dich geschöpft habe. Ich glaube, daß du der Mörder von Graf Bernhard, Bischof Odoaker und Gerswind bist."

Ein höhnisches Lächeln umspielte Thorbalds Lippen. „So? Wie kommst du darauf?"

„Du warst bei allen Verbrechen in der Nähe, und aufgrund deines hohen Amtes bist du den Wachen nicht aufgefallen."

„Das trifft auf etliche andere ebenfalls zu."

„Richtig. Zeitweise war ich auch davon überzeugt, daß Bischof Theodulf der Mörder ist. Ich vermutete, daß es ihm eigentlich darum ging, Erzbischof Hildebald zu beseitigen, und daß er den Mord an seinem Konkurrenten unter anderen Gewalttaten verstecken wollte. Bei drei Morden denkt man gleich an einen Irrsinnigen und fragt nicht nach dem Grund.

Du dagegen hast den Verdacht auf Aio, den Diener des Felix von Urgelis, gelenkt. Ein Schwachsinniger, der einen Grund zum Morden hatte, weil sein Herr gerade bestraft wurde, und der zudem aus einem Land kommt, in dem Skorpione leben – etwas Besseres konnte dir nicht passieren."

„Vergiß nicht, daß Aio an dem besagten Morgen, als Bi-

130

schof Odoaker gestochen wurde, im Dom war."

„Darauf komme ich gleich zurück. Laß mich zunächst in meinem Gedankengang fortfahren: Als Gerswind ermordet wurde, war ich mir endgültig sicher, daß Aio nicht der Mörder ist."

„Wieso? Er ist in der Nacht geflohen, als Gerswind starb."

„Falsch", sagte Hathumar. „Aio ist nicht geflohen, er ist befreit worden. Und zwar vom Mörder selbst. Du mußtest nämlich befürchten, daß Aio weiterhin seine Unschuld beteuern würde."

„Das sind doch alles Mutmaßungen", bemerkte Thorbald abschätzig. „Hast du auch einen Beweis?"

„Ja. Ich erinnerte mich, daß der erste Hinweis auf Aio von dir kam. Du hast den Bäcker gefunden, der Aio an jenem Morgen gesehen haben wollte. Also habe ich den Bäcker gesucht. Ich habe alle befragt, die auch nur entfernt mit Backwaren zu tun haben, keiner von ihnen konnte deine Aussage bestätigen. Aio war aber tatsächlich in der Kirche, somit blieb nur eine Schlußfolgerung: *Du* hast Aio gesehen. Du hast dich im Dom aufgehalten, um den Skorpion zu verstecken, als Aio hereinkam."

Thorbald grinste. „Schlau. Das hätte ich dir nicht zugetraut, Hathumar."

„Man muß nur die richtigen Fragen stellen, dann bekommt man auch die richtigen Antworten. Schließlich habe ich noch erfahren, daß du dich am Tag vor ihrem Tod mit Gerswind gestritten hast."

„Regina!" Der Herzog verzog den Mund, als hätte er auf etwas Fauliges gebissen. „Du bist noch einmal zu ihr zurückgegangen."

„Ja, in der selben Nacht."

„Eine nächtliche Plauderstunde mit der Konkubine des Königs. Mutig, Hathumar! Dafür kann man einen Kopf kürzer gemacht werden. Und ich dachte, das Klosterleben hätte dich verweichlicht."

Der Mönch ging nicht darauf ein. „Warum hast du es getan, Thorbald? Warum hast du drei Menschen ermordet?"

„Sie hatten den Tod verdient", erwiderte der Angesprochene kühl.

„Nein, das hatten sie nicht. Sie waren nicht einmal deine Feinde."

„Davon verstehst du nichts", brauste Thorbald auf.

„Dann erklär es mir!"

Der junge Herzog reckte sein Kinn in die Höhe. „Graf Bernhard war einer derjenigen, die die Hinrichtungen bei Verden geleitet haben. Er hat den Tod tausendmal verdient. Bischof Odoaker war so dumm, Erzbischof Hildebald zu vertreten. Wie du richtig vermutet hast, sollte es den Erzbischof treffen."

„Wie bist du an den Skorpion gekommen?" fragte Hathumar.

„Auch die Sachsen haben Verbindungen in den Süden. Außerdem diente mir der Skorpion als Ablenkung, denn ich rechnete damit, daß man zuerst die Südländer verdächtigen würde. Nachdem mir der Auerochse unverhofft zu Hilfe gekommen war, wollte ich das Spiel noch ein wenig weitertreiben.

Hildebald sollte übrigens sein Leben aushauchen, weil er der oberste Vertreter der Kirche am Hof ist und Karl die Christianisierung zur Unterdrückung unseres Volkes benutzt hat. Gerswind schließlich mußte sterben, weil sie als Sächsin in das Bett des Frankenkönigs gekrochen ist. Sie war eine Verräterin."

Hathumar senkte den Kopf und murmelte: „Du bist größenwahnsinnig. Du spielst Gott."

„Ich sagte doch, daß du davon nichts verstehst. Letztlich

gehören die drei Todesurteile zu einem größeren Plan. Noch bevor die Sonne morgen früh am Horizont erscheint, wird der König durch mein Schwert sterben. Nach Lage der Dinge muß ich schnell handeln, das sächsische Heer wartet auf meine Ankunft. So bleibt mir keine Zeit, meine Rache zu genießen. Deshalb habe ich drei Menschen getötet, die ihm nahestanden. Ich wollte den großen Karl quälen, ich wollte sehen, wie er leidet."

Hathumars Augen füllten sich mit Tränen. „Das ist unmenschlich. Der Satan hat dich verführt. Thorbald, ich bitte dich inständig: Laß von deinem Vorhaben ab! Ein Krieg wäre das größte Unglück."

„Nein. Dazu ist es zu spät."

„Ich kann nicht zulassen, daß du den König tötest."

„So?" Thorbald lächelte grimmig. „Und wie willst du das verhindern?"

„Ich werde ihn warnen."

Verdutzt starrte der Herzog den Freund aus Kindheitstagen an. Dann brach er in ein gellendes Gelächter aus. „Wenn du dich sehen könntest, Hathumar! Ein armseliger, unbewaffneter Betbruder."

„Gott ist auf meiner Seite."

„Bitte ihn doch, einen Blitz auf mich zu schleudern! Ich fürchte mich nicht vor deinem Gott."

„Mein Gott ist kein Gott des Blitzes und des Donners, er ist ein Gott der Güte." Hathumar wandte sich ab und ging zu seinem Pferd. „Ich werde jetzt nach Paderborn reiten. Und wenn du einen Rest Verstand und Menschlichkeit besitzt, wirst du zu deinen Männern gehen und sie in ihre Dörfer zurückschicken."

„Halt!" brüllte Thorbald.

Der Mönch ging weiter.

„Ich werde dich töten", drohte der Herzog.

Hathumar drehte sich nicht um. Er griff nach der Mähne, um sich auf den Rücken des Pferdes zu schwingen. Da traf ihn ein Schlag am linken Bein. Er blickte nach unten und sah, wie das Blut hervorquoll. Im ersten Moment wunderte er sich, daß er keinen Schmerz spürte. Aber die ausgestreckte Hand hatte keine Kraft mehr, die Beine konnten ihn nicht mehr halten. Ehe er wußte, wie ihm geschah, lag Hathumar rücklings auf dem Waldboden. Und dann kam der Schmerz und nahm ihm fast die Besinnung.

Der Himmel verschwand in einem roten Nebel. Ein Gesicht schob sich in sein Blickfeld.

„Du hast es nicht anders gewollt", sagte das Gesicht.

„Töte mich!" flüsterte Hathumar.

Das Gesicht verschwand.

„Laß mich nicht jämmerlich verbluten, Thorbald! Schenk mir einen schnellen Tod!"

Niemand antwortete. In Hathumars Kopf pochte das Blut. Dann hörte er das leiser werdende Geräusch von davongaloppierenden Pferden.

XVI. Kapitel
Zwischen Leben und Tod

Er mußte die Blutung stillen. Hathumar fühlte, wie das Blut aus ihm herausfloß. Und wie er von Pulsschlag zu Pulsschlag schwächer wurde. Nicht aufgeben! Er durfte jetzt nicht aufgeben. Einfach so liegenzubleiben bedeutete den Tod. Und er hatte nicht das Recht, sich dem Tod zu überlassen. Denn es gab eine Chance, eine winzige Chance, daß er das hier überlebte und rechtzeitig Paderborn erreichte, um Thorbald von seinem Tun abzuhalten. Solange ein Funken Leben in ihm steckte, mußte er kämpfen.

Unglücklicherweise hatte ihm sein Schwager Wolfgang keinen Gürtel überlassen. Mit einem Gürtel wäre es einfach gewesen, das Bein abzubinden. Hathumar atmete dreimal tief durch, nahm all seine Kraft zusammen und riß ein Stück Stoff von seiner Tunika. Vor Erschöpfung wurde ihm schwarz vor Augen.

Hoffentlich war der Stoffetzen lang genug, hoffentlich würde er nicht reißen. Ohne sich aufzurichten, schlang er das Band um den Oberschenkel und schnürte einen festen Knoten. Gott sei Dank, das Band hielt. Hathumar gönnte sich eine Ruhepause. Zehn Atemzüge, mehr nicht. Wenn er einschlief, würde er nicht mehr aufwachen.

Er stützte die Arme auf und brachte sich in eine sitzende Haltung. Kalter Schweiß lief ihm über das Gesicht. Ja, die Blutung hatte aufgehört. Ein kleiner Erfolg. Eine Atempause im Kampf gegen den Tod.

Aber zu Fuß konnte er Paderborn unmöglich erreichen. Er befand sich ungefähr in der Mitte zwischen dem Heerlager der Sachsen und der Stadt. Selbst mit gesunden Beinen hätte er einen halben Tagesmarsch benötigt. Und Thorbald hatte sein Pferd mitgenommen. Also doch alles umsonst?

Wieso war er nur so vermessen gewesen, auf die Kraft seiner Worte zu vertrauen? Welche Hybris, einem bewaffneten, zu allem entschlossenen Mann mit nichts als Gottvertrauen gegenüberzutreten. Warum war er nicht geradewegs nach Paderborn geritten und hatte den König gewarnt?

Hathumar versuchte aufzustehen. Ein stechender Schmerz fuhr durch seinen Körper, die Beine konnten ihn nicht halten und er fiel wieder auf sein Hinterteil. Laut stöhnend schnappte er nach Luft. Natürlich wußte er, warum er auf Thorbald gewartet hatte. Er wollte kein Verräter sein. Schließlich war er ebenfalls Sachse. Als Kind hatte er mit seinem Volk der nächsten Schlacht entgegengefiebert, in der bangen Erwartung, die Franken einmal vernichtend schlagen zu können. Und er hatte dem Freund aus jenen Tagen die Gelegenheit geben wollen, ungeschoren davonzukommen, zumindest lebend. Denn was Karl, sollte er von dem Verrat seines Marschalls erfahren, verfügen würde, war ohnehin klar. Auf Thorbald würde ein langsamer, grauenvoller Tod warten.

Nun, er hatte sich geirrt. Dafür, daß er sich zum Richter aufgespielt hatte, war er bestraft worden. Jetzt lag er todwund auf dem Waldboden, wie ein angeschossenes Stück Wild.

Der Mönch wischte sich den Schweiß aus den Augen. War es Einbildung, oder hörte er tatsächlich den Hufschlag eines Pferdes? Nein, er irrte sich nicht. Sein Pferd kehrte zurück. Die treue Seele hatte sich losgerissen oder war von Thorbald freigelassen worden.

Das Pferd blieb vor ihm stehen. Hathumar hob seine Hand und streichelte den Kopf der Stute. Aus der Atempause, die ihm der Tod gegönnt hatte, war ein Waffenstillstand geworden. Er konnte es schaffen. Doch wie, um Himmels Willen, sollte er auf den Rücken des Pferdes kommen?

Hathumar blickte sich um. Etwa zwanzig Schritte entfernt lag ein umgestürzter Baum. Er drehte sich auf den Bauch und kroch los. Mehr als einmal war er nahe davor, das Bewußtsein zu verlieren. Ihm war übel, der Schweiß brannte in seinen Augen, und seine Kehle war ausgedörrt. Aber er schaffte es. Er erreichte den Baum und setzte sich auf den Baumstamm.

Das Pferd war ihm gemessenen Schrittes gefolgt. Mit gutem Zureden brachte der Mönch das Tier dazu, sich parallel zum Baumstamm aufzustellen.

Der erste Versuch mußte gelingen. Einen zweiten Versuch würde es vermutlich nicht geben. Hathumar zog das gesunde Bein auf den Baumstamm und schnellte in die Höhe. Seine Hände krallten sich in der Pferdemähne fest. Das Pferd tänzelte unruhig hin und her. Er lag oben, mehr tot als lebendig, aber er lag auf dem Pferderücken.

„Lauf!" flüsterte er der Stute ins Ohr. „Lauf nach Hause!"

Das Pferd bewegte sich. Hathumar hatte keine Ahnung, ob es den Weg nach Paderborn einschlug. Das einzige, was er sah, war ein Stück Fell. Seine ganze Sorge galt dem Bemühen, nicht einzuschlafen. Sobald er einschlief, würde er herunterfallen. Und dann war es aus.

Als er aufwachte, lag er flach auf dem Rücken. Seine Hände fühlten festgestampfte Erde. Und er hörte die Stimmen von Menschen.

„Er lebt", sagte jemand. „Seht nur, er bewegt sich."

Eine vertraute Stimme mischte sich unter die anderen.

„Wie konnte er bloß die Kutte ablegen?" beschwerte sich Abt Adalhard. „Das ist gegen die Regeln."

Er wollte nach dem Abt rufen, doch aus seiner Kehle kam nur ein Krächzen.

Eine aufgeregte Frau rief: „Er will etwas sagen."

Hathumar hob eine Hand. Die Frau beugte sich über ihn und brachte ihr Ohr in die Nähe seines Mundes.

„Abt Adalhard", flüsterte er.

„Er verlangt nach einem Abt Adalhard", übersetzte die Frau. „Kennt einer von euch den Abt?"

„Ich bin Abt Adalhard", brummte die mürrische Stimme des Abtes. „Geh weg, Frau!"

Ächzend ließ sich Adalhard auf den Knien nieder. Hathumar drehte den Kopf, so daß er das gerötete, vorwurfsvoll dreinblickende Gesicht sehen konnte.

„Nun, Hathumar, was hast du mir zu sagen? Soll ich für deine Seele beten?"

Der saure, alkoholgetränkte Atemhauch brachte ihn fast um.

„Thorbald ist der Mörder", flüsterte Hathumar. „Er will den König töten."

„Thorbald? Wer ist Thorbald? Was redest du da? Du hast Fieber und bist dem Tode nahe."

„Thorbald ist Giselher, der Marschall. Er hat mich verletzt. Es ist die Wahrheit, glaubt mir! Und beeilt Euch! Der König ist in Gefahr."

Er hatte einen Traum. Er sah Reginas wunderschönes Antlitz. Er fühlte die Hand der Konkubine auf seiner Wange, und dann kam ihr Mund immer näher und hauchte ihm einen Kuß auf die Stirn.

Vielleicht war es auch kein Traum. Vielleicht war er schon tot und ins Paradies gelangt. Dort, wo sich alle geheimen

Wünsche erfüllen. Andererseits lebte Regina noch. Es war unmöglich, im Jenseits einen lebenden Menschen zu treffen.

Also träume ich wohl doch, dachte Hathumar beruhigt.

Er schlug die Augen auf. Sonnenlicht flutete durch eine milchige Glasscheibe herein. Das Bett, auf dem er lag, war herrlich weich. Auf einem so weichen Bett hatte er noch nie gelegen. Wo war er?

Er wollte sich aufrichten, da zuckte ein heftiger Schmerz durch seinen Körper. Stöhnend ließ er sich zurückfallen. Nein, ganz offensichtlich war er noch nicht tot.

Die Tür ging auf, und Regina kam herein.

„Dann habe ich also doch nicht geträumt", dachte Hathumar laut.

„Oh, er ist wach", sagte die Konkubine. „Wie geht es Euch, mein Lieber?"

„Wo bin ich?" fragte der Mönch zurück.

„Das hier ist ... ich meine, war Gerswinds Kammer. Ich habe Euch hierher bringen lassen, damit ich Euch besser pflegen kann."

„Das war sehr gütig von Euch."

„Ich habe es gern getan. Was habt Ihr *nicht* geträumt?"

„Ich sah Euer Antlitz vor mir. Und dann habt Ihr ... Ihr habt mich ..." Hathumar drehte den Kopf zur Seite, um seine Verlegenheit zu verbergen.

„Was? Habe ich etwa gegen die Regeln Eures Ordens verstoßen? Das tut mir leid."

Hathumar murmelte: „Es verstößt zwar gegen die Regeln, aber bei Lebensgefahr ist eine Ausnahme erlaubt."

„Oh. Dann bin ich ja beruhigt." Regina setzte sich neben ihn aufs Bett.

Er spürte, wie das Blut in seinem Kopf pulsierte.

Die Konkubine streckte ihre Hand aus und berührte seine

Wange. „Wie ich sehe, kehren Eure Lebensgeister zurück. Ihr hattet hohes Fieber und wart so bleich, daß ich fürchtete, Ihr würdet sterben."

„Ich ... ich möchte ... ich habe Durst."

„Natürlich." Sie nahm einen Krug vom Boden und schüttete etwas Wasser in einen Becher. „In den letzten Tagen konnte ich Euch nur ein wenig Suppe einflößen. Ihr seid völlig abgemagert und habt kaum noch Fleisch auf den Rippen."

Hathumar fragte sich, woher sie seinen Körper so gut kannte.

Sie setzte ihm den Becher an die Lippen.

„Danke." Er nahm ihr den Becher aus der Hand. „Wie lange habe ich geschlafen?"

„Drei Tage. Manchmal habt Ihr im Schlaf geredet, von Thorbald, Mord und Verrat."

Hathumar schrak zusammen. Reginas Gegenwart verwirrte ihn so sehr, daß er alles andere vergessen hatte.

„Was ist geschehen? Es ist Thorbald ... Giselher doch nicht gelungen, den König zu töten?"

„Nein." Regina lächelte. „Abt Adalhard hat Eure Worte weitergegeben, und der König hat Giselher zur Rede gestellt. Der Marschall war zu stolz, um seine Taten zu leugnen. Er sei ein Herzog der Sachsen, was er getan habe, gehöre zum Kampf seines Volkes für Freiheit und Unabhängigkeit. Er wolle als Kriegsgefangener behandelt werden, nicht als Mörder."

„Und wie hat der König darauf reagiert?"

„Er hat Giselher in Ketten legen lassen."

„Das Heerlager", sagte Hathumar aufgeregt. „Es kommt zum Krieg."

„Es ist alles gut", besänftigte ihn Regina. „Karl hat einige sächsische Edelinge zu den Aufständischen gesandt. Sie konnten ihre Männer davon überzeugen, daß ein Krieg sinnlos ist."

Der Mönch atmete auf. „Gott sei Dank."

„Zu dieser Stunde wird Giselher hingerichtet. Karl hat ihm die Gnade gewährt, durch einen Schwerthieb zu sterben."

Hathumar richtete sich auf. Erneut zuckte ein Schmerz durch seinen Körper. „Ich muß zu ihm."

„Ihr könnt noch nicht aufstehen", widersprach die Konkubine. „Ihr seid viel zu schwach."

„Es ist meine Pflicht. Ich möchte ihn zur Umkehr bewegen."

Auf Regina gestützt, hinkte Hathumar auf den Richtplatz. Erstaunte Blicke der vielköpfig versammelten Menge begegneten ihnen. Hier und dort wurde getuschelt, man schielte zum König hinüber, der mit den höchsten Würdenträgern des Reiches der Hinrichtung beiwohnte.

Karl kniff die Lippen zusammen und blieb stumm. Unter anderen Umständen hätte er sich das unverschämte Verhalten des Bibliothekars aus Corbie nicht bieten lassen. Doch der Mönch hatte ihm nicht nur das Leben gerettet, sondern auch einen unnötigen Krieg verhindert. Also ließ er ihn gewähren.

Flankiert von vier Männern der *scara* stand Thorbald in der Mitte des Platzes. Seine Hände und Füße waren mit Ketten gefesselt.

Hathumar und Regina näherten sich ihm bis auf drei Schritte.

„Du Verräter!" zischte Thorbald wütend. „Ich hätte dich töten sollen."

„Danke Gott, daß du es nicht getan hast", erwiderte Hathumar mit schmerzverzerrter Stimme.

Thorbald spuckte aus. „Laß mich mit deinem Gott in Frieden. Ich werde in Walhalla einziehen."

„Ich bete für deine Seele", fuhr Hathumar fort. „Noch ist es nicht zu spät, deine Sünden zu bereuen und dich in die Hand des einzigen und wahren Gottes zu begeben."

„Verschwinde aus meinen Augen!" herrschte ihn Thorbald an.

Hathumar wechselte ins Sächsische: „*End ec forsacho allum dioboles uuercum and uuordum, Thunaer ende Uuoden ende Saxnote ende allum them unholdum, the hira genotas sint.*"

Thorbald lachte.

„*Ec gelobo in got alamehtigan fadaer. Ec gelobo in Crist godes sunu. Ec gelobo in halogan gast.*"*

Das Lachen schallte über den Platz.

Hathumar senkte den Kopf und faltete die Hände. Als er wieder aufblickte, lag Thorbalds Kopf vor seinen Füßen.

XVII. Kapitel
Abschied

Als Hathumar das Gemach des Königs betrat, spielte dieser mit seinem ältesten Sohn Karl *Tricktrack**. Die beiden Männer waren so in ihr Spiel vertieft, daß sie den Mönch nicht bemerkten.

Hathumar blieb schweigend stehen und beobachtete, wie die Würfel über das Holzfeld rollten und abwechselnd die weißen und die schwarzen Steine gezogen wurden.

Karl, der Sohn, hatte im Gegensatz zu seinen Brüdern Pippin und Ludwig kein eigenes Königreich erhalten. Pippin und Ludwig konnten, wenn auch unter der Aufsicht königlicher Berater, in ihren Teilreichen regieren, Karl mußte am Hof bleiben, weil ihn der Vater zu seinem Nachfolger ausbilden wollte. Klaglos fügte er sich in sein Schicksal, erfüllte alle ihm übertragenen Aufgaben, so wie er auch in diesem Sommer die Verhandlungen mit den Wilzen und Abodriten erfolgreich zu Ende gebracht hatte.

Inzwischen stand er mit seinen siebenundzwanzig Jahren in der Mitte des Lebens, und nicht einmal eine Ehefrau war ihm vergönnt, weil der Vater es so wollte. Einmal wäre es fast zu einer Heirat gekommen. Doch seine Bitte, die Tochter des Königs Offa von Mercia, dem mittleren der drei bedeutenderen englischen Reiche, heiraten zu dürfen, war bei Karl dem älteren auf taube Ohren gestoßen.

In das weiche Gesicht, das dem des Vaters äußerlich sehr ähnlich war, hatten sich tiefe Enttäuschungen eingegraben.

Karl war es gewohnt zu verlieren, und so sagte er auch jetzt ohne eine Spur der Verbitterung: „Du hast gewonnen, Vater."

Die Augen des Königs funkelten vor Freude. Dann entdeckte er den Mönch, der an der Tür wartete.

„Ah, der Bibliothekar von Corbie. Komm näher!"

Hathumar trat an den Tisch, auf dem das Brettspiel ruhte.

„Ich bin noch gar nicht dazu gekommen, mich bei dir zu bedanken. Was macht deine Verwundung?"

„Danke, Hoheit. Ich bin gesund."

„Aber du hinkst, wie ich sehe."

„Es scheint, als würde mir diese Erinnerung an Thorbald bleiben."

„Das tut mir leid. Einen solchen Schwertstreich von einem Freund zu empfangen, muß doppelt schmerzen."

„Noch bitterer war es, ihn sterben zu sehen, Hoheit."

„Dein Mitgefühl ehrt dich. Doch Giselher war es nicht wert. Er hat heimtückisch gemordet und *harisliz** begangen."

Hathumar schwieg.

„Wie war das eigentlich?" Der König schaute ihn aufmerksam an. „Nachdem du die Versammlung der Sachsen belauscht hast, warum bist du da nicht direkt nach Paderborn zurückgekehrt? Du hast am nächsten Tag auf Giselher gewartet, nicht wahr?"

Hathumar hatte die Frage erwartet und lange überlegt, wie er sie beantworten sollte. Er entschied sich für die Wahrheit: „Ich wollte verhindern, daß es zu einem Krieg kommt. Meine Absicht war, Thorbald davon zu überzeugen, daß ein Aufstand unserem Volk am meisten schadet."

Der König nickte bedächtig. „Nun, die Absicht war ehrenwert. Allerdings hättest du wissen müssen, daß Giselher vor einem weiteren Mord nicht zurückschreckt."

„Ihr habt recht, Hoheit. Es war unvorsichtig von mir."

„Worte sind gut – sobald die Waffen schweigen." Karl

144

lächelte. „Aber du hast mir das Leben gerettet, und nur das zählt."

Hathumar atmete auf. „Im Grunde gebührt der Dank meinem Pferd. Es hat mich ohne mein Zutun nach Paderborn gebracht."

Lachend erwiderte der König: „Wie du dein Pferd belohnst, ist deine Sache. Ich bin *dir* etwas schuldig."

Auch darauf war Hathumar vorbereitet. In den letzten Tagen hatte er viel Zeit zum Nachdenken gehabt. „Ich habe sogar zwei Wünsche, Hoheit."

„Sprich!"

„Bestraft mein Volk nicht dafür, daß es sich von Thorbald hat verführen lassen."

„Der Wunsch ist bereits erfüllt. Ich bin froh, daß es nicht zu einem Waffengang gekommen ist. Nachdem mein untreuer Marschall seine verdiente Strafe erhalten hat, braucht niemand mehr um sein Leben zu fürchten. Und der zweite Wunsch?"

„Schenkt Odo die Freiheit."

„Das kann ich nicht", sagte Karl brüsk. „Soll ich mich zum Gespött des Reiches machen: Ein König, der seine Frauen mit anderen teilt? Nein. Hör zu, Hathumar! Odo wird leben. Ich verzichte sogar darauf, ihn auspeitschen zu lassen. Aber er wird sein restliches Leben in einem Kloster verbringen. Nenn mir einen anderen Wunsch!"

Der Mönch blieb stur: „Ich habe keinen anderen Wunsch. Odo ist nicht für ein Leben im Kloster geboren. Er wird verdorren wie eine Blume ohne Wasser. Wart Ihr nicht selber jung, Hoheit? Habt Ihr nicht in Eurer Jugend Torheiten begangen, die Ihr heute bereut?"

„Werd nicht frech, Mönch!" mischte sich der junge Karl ein. „In einem solchen Ton spricht man nicht mit dem König."

Im Gesicht des älteren Karl arbeitete es, seine Zähne knirschten.

Hathumar wußte, daß er sich weit vorwagte. Er setzte alles auf eine Karte: „Ich bürge dafür, daß Ihr in Odo den treuesten Eurer Untertanen gewinnen werdet."

Wütend riß der junge Karl seinen Mund auf. Da hob der König seine Hand. „Laß ihn!" sagte er zu seinem Sohn.

Zwei wasserblaue Augen richteten sich auf den Mönch. „Du hast Glück, daß mich das Alter milde gestimmt hat. Ich erfülle deinen Wunsch."

Hathumar zwang sich, seine Freude nicht zu zeigen.

„Doch dafür erwarte ich von dir eine Gegenleistung."

Der junge Sachse erstarrte.

„Du wirst nicht nach Corbie zurückkehren, dein Platz ist hier, in Sachsen. Die britischen und fränkischen Missionare tun ihr Bestes, doch was wir wirklich brauchen, sind sächsische Priester, die Verantwortung übernehmen. In Würzburg erhältst du alles nötige Wissen, um in einigen Jahren der erste Bischof von Paderborn zu werden."

Noch einmal kam es im Königssaal der Pfalz zu einem Festessen. Am nächsten Tag wollte der König nach Aachen aufbrechen, und so wurde Abschied gefeiert. Der Papst und seine Kardinäle waren geladen, ebenso die fränkischen Bischöfe und Erzbischöfe und die wichtigsten der weltlichen Fürsten. Graf Ascarius, Erzbischof Hildebald, Erzbischof Arn und Bischof Theodulf waren da. Auch Hathumar durfte an der Tafel Platz nehmen, neben Abt Adalhard, der die Aufwertung seines Bibliothekars mit gemischten Gefühlen betrachtete.

Im Lager des Papstes herrschte gespannte Erwartung. Karl, der Zauderer, hatte sich noch immer nicht zu den Vorgängen in Rom und dem Vorschlag der Kaiserkrönung geäußert. Am heutigen Abend würde er nicht um eine Entscheidung herumkommen. Doch zuerst wurde gegessen und getrunken. Die köstlichsten Speisen standen auf dem Tisch, und in den Bechern schäumte der Wein.

Als die Bäuche bis zum Platzen gefüllt waren, erhob sich der König von seinem Stuhl. Sofort verebbten die Gespräche.

„Nun, da wir auseinandergehen", sagte Karl, „ist es Zeit, an die Zukunft zu denken. Der Heilige Vater wird nach Rom zurückkehren, Wir werden den Winter in Aachen verbringen." Der König machte ein Pause. „Doch, so Gott will, gibt es bereits im nächsten Jahr ein Wiedersehen. Wir haben beschlossen, im Jahr achthundert des Herrn die heilige Stadt am Tiber zu besuchen."

Auf dem Gesicht des Papstes breitete sich ein triumphierendes Lächeln aus. Für den Besuch des Königs in Rom konnte es nur einen Grund geben: die Kaiserkrönung.

Die helle Stimme Karls brach sich an den Wänden: „Aufgrund der mißlichen Umstände, die den Heiligen Vater aus Italien vertrieben haben, braucht er den Schutz und das Vertrauen des fränkischen Reiches. Einige der edelsten Männer, kirchliche und weltliche Würdenträger, haben sich bereit erklärt, das Haupt der Christenheit über die Alpen zu begleiten. Die Erzbischöfe Hildebald von Köln und Arn von Salzburg, die Bischöfe Cunipert, Bernhard, Hatto von Freising und Jesse von Amiens, die Grafen Helmgaud, Rothgar, und Germar werden an seiner Seite sein, wenn er den *Lateran-Palast* betritt. Sie haben die Aufgabe, alle erhobenen Vorwürfe gewissenhaft zu untersuchen und die Unschuld des Heiligen Vaters zu beweisen, damit Wir, wenn Wir in Rom eintreffen, über seine Widersacher eine gerechte Strafe verhängen können."

Das Lächeln des Papstes erstarb zu einer Maske. Was der König gerade verkündet hatte, war nichts anderes als die

Bildung einer Untersuchungskommission, die sich mit seinen Verfehlungen beschäftigen sollte. Die Zeit der Ungewißheit war nicht vorbei, sie hatte soeben erst angefangen.

Nachdem sich Karl gesetzt hatte, stand Leo zu einer Erwiderung auf. Seine Miene war unbewegt, ohne ein Zeichen von Unruhe oder Unbehagen bedankte er sich für die Worte des Königs. Der Papst erinnerte daran, daß Karl die Schlüssel zum Grab Petri und das Banner der Stadt Rom besitze, ihm obliege der Schutz der heiligen Stadt. Mit seinem weisen Entschluß, ihn von einer so hochrangigen Delegation begleiten zu lassen, habe der König wieder einmal seine Macht und seine Weitsicht bewiesen. Er, Leo, blicke hoffnungsvoll auf die angestrebte Untersuchung. Denn er sei sicher, daß das von neidischen und mißgünstigen Geistern errichtete Lügengebilde unter den kritischen Fragen der fränkischen Würdenträger in sich zusammenbrechen werde. Und wenn am Ende der Heilige Stuhl in altem Glanz erstrahle, dann habe sich der Sinn seiner Reise nach Paderborn erfüllt.

Mehr Reden waren nicht zu erwarten, und die Gäste wollten sich wieder ihren Gesprächen zuwenden, da ergriff Abt Adalhard die Gelegenheit und das Wort: „Hoheit, ich denke, ich spreche im Namen aller hier versammelten Edlen und Vornehmen, wenn ich sage, daß Euer Aufenthalt in Paderborn, trotz aller widrigen Begebenheiten, deren Zeugen wir wurden, in ewiger Erinnerung bleiben sollte. Aus Dank dafür, daß wir dem Treffen der beiden größten Männer Europas beiwohnen durften, habe ich ein Epos verfaßt, das ich Euch überreichen möchte."

Mit großer Geste zog Adalhard eine Papierrolle aus seinem Umhang.

„Liebster Vetter", strahlte der König, „ich wußte gar nicht, daß du über Fähigkeiten auf dem Gebiet der Lyrik verfügst. Ein Epos – wie wunderbar! Laß es uns hören!"

„Äh ..." Adalhard sah überrascht aus. „Ich habe es meinem Bibliothekar diktiert. Hathumar, würdest du die Güte haben, das Epos vorzulesen. Du kannst deine Schrift besser entziffern als ich."

Hathumar entrollte die Papiere. Von Regina umsorgt und aller anderen Pflichten enthoben, hatte er in Gerswinds Kammer die Gelegenheit gefunden, das Epos zu vollenden.

„Karolus Magnus et Leo Papa
Es ist da ein berühmter Ort, wo Pader und Lippe fließen ..."

Ein wenig Stolz lag in Hathumars Stimme. Fünfhundertsechsunddreißig Hexameter hatte er geschrieben, ein Werk, das sich, wie er fand, sehen lassen konnte. Daß Adalhard es als sein eigenes ausgab, störte ihn nicht sonderlich.

„... Nachdem man heiter getafelt und die süßen Gaben des Bacchus genossen, überreicht der huldreiche Karl dem erhabenen Leo reiche Geschenke, dann kehrt der König frohgestimmt ins Innere seiner Pfalz, und auch der Papst sucht das Lager seiner Getreuen auf. Mit solchen Ehren wurde Leo von Karl empfangen, er, der vor den Römern geflohen und aus seinem Lande vertrieben worden war."

„Danke!" Der König klatschte in die Hände. „Ein wunderschönes Gedicht, Adalhard. Ich hoffe, es ist nicht dein letztes."

„Ja." Der Abt räusperte sich. „Nur leider lassen mir meine vielfältigen Verpflichtungen nicht allzu viel Zeit zum Dichten."

Hathumar verbarg sein Grinsen hinter vorgehaltener Hand.

Am nächsten Morgen rüstete Hathumar zum Aufbruch nach Würzburg. Vor dem kleinen Kloster traf er auf Adalhard.

„Wo warst du letzte Nacht?" forschte der Abt. „Ich habe dich gesucht."

Der Mönch wurde rot. „Ich konnte nicht schlafen."

„Die ganze Nacht?"

„Es war ... Vollmond."

„Tatsächlich? Mir schien es, als sei der Himmel bedeckt."

„Nein, es war Vollmond", beharrte Hathumar. „Und bei Vollmond kann ich nicht schlafen."

Epilog

Eine weiße Wintersonne strahlte über den sieben Hügeln Roms. Für die Römer war es die kalte Jahreszeit, die Franken dagegen genossen das angenehm milde Klima.

Die drei Männer, die vor den König traten, kamen aus einer noch wärmeren Gegend. Zacharias, der vor vierzehn Monaten aus Paderborn aufgebrochen war, und die beiden griechischen Mönche, die ihn begleiteten, hatten wertvolle Geschenke aus Jerusalem in ihrem Gepäck. Zum Zeichen dafür, daß der Patriarch von Jerusalem, der Hüter der heiligsten Stätten der Christenheit, den Frankenkönig als obersten Schutzherrn anerkannte, überbrachten sie Karl den Schlüssel zum heiligen Grab sowie den Schlüssel und die Fahne der Stadt Jerusalem.

Fast noch symbolischer als die Geschenke war der Zeitpunkt ihres Eintreffens in Rom. Man schrieb den 24. Dezember des Jahres 800. Am nächsten Tag sollte Karl im Petersdom zum Kaiser gekrönt werden.

Seit dem Treffen in Paderborn war viel Zeit vergangen. Karl hatte es nicht eilig gehabt, nach Rom zu kommen. Die Untersuchungskommission unter der Leitung von Hildebald von Köln und Arn von Salzburg konnte Papst Leo nicht entlasten, an der Nordseeküste drohten die Wikinger mit Überfällen, im Juni starb Karls dritte Frau Luitgard, und schließlich gab es Weissagungen, wonach das Jahr 800 das Ende der Welt bringen werde.

Erst Anfang August versammelte der König seine Krieger in Mainz, um mit ihnen die Alpen zu überqueren. Und bevor er in Rom einzog, blieb er noch eine Weile in Ravenna, der alten Königsstadt an der Adria.

Von hier aus hatte Theoderich, der Ostgote, Italien regiert. Hier stand sein Mausoleum und das Baptisterium der Arianer. Karl bewunderte einige der ältesten und schönsten Kirchen der Welt, die mit herrlichen Mosaiken ausgestatteten Basiliken San Vitale und Sant' Apollinare Nuovo, sowie das Mausoleum der Galla Placidia.

Insgeheim fürchtete sich der König vor dem, was ihn in Rom erwartete. Der römische Adel verlangte noch immer, daß er den Papst absetzte. Sein engster Berater Alkuin war ein entschiedener Gegner der Absetzung. Karl befand sich in einer Zwickmühle. So oder so mußte die Kaiserkrönung mit einem Makel behaftet sein. Würde er den Papst absetzen und sich von seinem neu gewählten Nachfolger krönen lassen, würde das mißtrauische Byzanz und die übrige Welt annehmen, er habe den Caesarentitel erpreßt.

Auf der anderen Seite konnte er nicht einfach über die Verfehlungen Leos III. hinweggehen. Die Kaiserkrone aus einer unwürdigen Hand zu empfangen, wäre der denkbar schlechteste Beginn der neuen Kaiserdynastie.

Endlich, am 23. November 800, näherte sich Karl Rom. Zwölf Meilen vor der Stadt empfing in Leo mit großem Gefolge und höchsten Ehren.

Tags darauf fand im Vorhof des Petersdomes ein zweiter Empfang statt. Scharen von Fremden und Bürgern waren gekommen, um dem Ankommenden Lob zu singen. Die höchsten Würdenträger der katholischen Kirche begleiteten den König die Marmortreppe hinauf, wo ihn der Papst stehend erwartete.

Aus der pompösen Feier war nicht abzulesen, daß sich

diesmal ein Richter und ein Angeklagter begegneten. Eine Woche später, am 1. Dezember, berief Karl eine Versammlung von Klerikern und Adeligen nach Sankt Peter ein und verkündete, daß alle dem Papst zur Last gelegten Verbrechen untersucht werden müßten. Welche Bedeutung Karl dem Gerichtsverfahren beimaß, ließ sich daran erkennen, daß er selbst den Vorsitz übernahm.

Die Versammlung tagte drei Wochen. Es war ein regelrechter Prozeß, bei dem jeder einzelne Anklagepunkt beraten wurden. Erzbischof Arn von Salzburg übernahm die Anklage, Erzbischof Rikulf von Mainz und Bischof Theodulf von Orléans verteidigten den Papst.

Natürlich wußte Karl von vorneherein, daß es nicht gelingen würde, den Papst von allen Vorwürfen freizusprechen. Doch er wollte eine Absetzung auf jeden Fall vermeiden, deshalb hatte er mit seinen Beratern einen Ausweg ersonnen.

Als es am Ende nicht zu einem eindeutigen Urteil kam, schlug der König vor, Leo solle einen Reinigungseid sprechen. Der Papst müsse schwören, daß die gegen ihn erhobenen Vorwürfe nicht zuträfen.

Es war eine Art Gottesurteil, ein uralter germanischer Brauch. Mit dem Reinigungseid überließ man es Gott, den Papst im Fall einer Lüge zu strafen.

Leo nahm den Vorschlag an. Die Prozedur war demütigend, aber sie gab ihm die Möglichkeit, im Amt zu bleiben und seine Gegner vernichtend zu schlagen.

Und so bestieg Leo III. am 23. Dezember die Kanzel des Petersdomes, um die vorbereitete Erklärung vorzulesen: „Weithin, teuerste Brüder, wurde gehört und verbreitet, daß schlechte Menschen gegen mich aufgestanden sind, mich schwerer Verbrechen beschuldigen und mich verstümmeln wollten. Zur Untersuchung dieser Angelegenheit ist der gnädigste und erhabenste König Karl mit seinen Bischöfen und

Vornehmen in diese Stadt gekommen. Deswegen reinige ich, Leo, Papst der heiligen römischen Kirche, von niemandem verurteilt noch gezwungen, mich aus freiem Willen in eurer Gegenwart vor Gott, der mein Gewissen kennt, von dem Vorwurf, jene verbrecherischen und verruchten Dinge, die man mir vorwirft, getan oder befohlen zu haben. Gott, vor dessen Gericht wir kommen werden, vor dessen Angesicht wir stehen, ist mein Zeuge. Und ich tue dies freiwillig, um jeden Verdacht auszuräumen, nicht weil es in den kirchlichen Satzungen vorgeschrieben wäre oder ich meinen Nachfolgern, Brüdern und Mitbischöfen dies als Gewohnheit oder Pflicht auferlegen wollte."

Damit war das letzte Hindernis auf dem Weg zur Kaiserkrönung ausgeräumt.

Nachdem Karl Zacharias und den beiden griechischen Mönchen gedankt hatte, zog er sich in seine Gemächer zurück. Seine Gedanken kreisten um den folgenden Tag, der die Erfüllung seines Lebenstraumes bringen würde. Auch in der Vergangenheit hatte es schon Germanen auf dem römischen Thron gegeben, doch er würde der erste römische Kaiser sein, der nicht in Rom oder Konstantinopel residierte. Seine Hauptstadt war das mitten in Austrien gelegene Aachen, und er wollte nicht das alte Römische Reich fortsetzen, sondern ein neues Reich begründen. Als neuer Konstantin würde er ein christliches Reich regieren, den Kaisern in Byzanz ebenbürtig, die ihn als Bruder anreden mußten.

Mit Leo III. war die Krönungszeremonie abgesprochen. Sie sollte nach dem byzantinischen Ritual erfolgen. In Byzanz bestand die Kaiserkrönung aus drei Teilen: der Akklamation durch die Volksmenge, der eigentlichen Krönung, schließlich der kniefälligen Verehrung des neuen Kaisers durch den Patriarchen.

Für Karl war die Einhaltung der Formalitäten wichtig. Er wußte, daß man in Konstantinopel die Nase rümpfen und seine Kaiserkrönung als Usurpation empfinden würde. Kaiserin Irene und ihre Höflinge sollten erfahren, daß er nicht der Barbar war, für den sie ihn hielten.

Am ersten Weihnachtstag des Jahres 800 betrat der König mit seinem Gefolge den Petersdom. An seiner Seite war Karl, sein ältester Sohn. Vater und Sohn gingen bis zum Altar, legten ihre Kronreife auf den Opfertisch und knieten nieder.

Leo III. zelebrierte die Weihnachtsmesse. Niemand ahnte, daß er den erzwungenen Reinigungseid noch nicht verwunden hatte. Drei Wochen lang war er der Gejagte gewesen. Drei Wochen lang hatte er sich einem in seinen Augen unwürdigen Verfahren unterziehen müssen. Jetzt und hier, im Petersdom, war die Gelegenheit gekommen, die eigene Macht zu demonstrieren. Und so beschloß der Papst, das byzantinische Ritual abzuändern und bei der Krönung selbst die Hauptrolle zu übernehmen.

Kaum war das Schlußevangelium verklungen, Karl und sein Sohn lagen noch auf den Knien, da trat der Papst an den Altar, ergriff das Diadem und setzte es dem König aufs Haupt. Dann forderte er die Anwesenden auf, dem erhabenen Karl, dem von Gott gekrönten großen und friedenbringenden Kaiser dreimal zu akklamieren. Als das geschehen war, kniete Leo vor dem neuen Kaiser nieder.

Karl war überrumpelt worden. Ihm blieb nichts anderes übrig, als die Huldigung entgegenzunehmen. Er war jetzt *imperator Romanorum*, aber nicht aus eigener Kraft, sondern durch päpstlichen Willen.

Als der Kaiser die Kirche verließ, schäumte er vor Wut.

Nachwort

Der wahre historische Roman, wenn es ihn gäbe, wäre so schwer zu lesen als ein Geschichtsbuch", meinte der Historiker Jacob Burckhardt. So gesehen, gibt es (fast) keine „wahren historischen Romane", zumal keine wahren historischen Kriminalromane, denn Krimis wollen die Leser nicht belehren, sondern unterhalten.

Trotzdem beruht *Mord im Dom* auf umfangreichen Recherchen. Was die Lebensumstände des Mittelalters, historische Ereignisse und historische Personen betrifft, habe ich mich, soweit das im Rahmen der Handlung möglich war, an Fakten gehalten. Dies gilt insbesondere für den Anschlag auf Papst Leo III. und das Zusammentreffen von Karl dem Großen und Papst Leo im Sommer 799 in Paderborn.

Ob der Frankenkönig und der Papst in Paderborn über die Kaiserkrönung Karls verhandelt haben, läßt sich aus den erhaltenen Dokumenten nicht ablesen. Vieles spricht jedoch dafür, zumal Karl und seine Berater über diese Frage nachweislich geredet haben.

Einige andere Ereignisse habe ich zeitlich verschoben. So wurde Bischof Felix von Urgelis nicht nach Paderborn zitiert, sondern im Jahr 797 nach Aachen. Unter dem Druck der fränkischen Bischöfe widerrief Felix seine These vom adoptierten Gottessohn, blieb ihr aber, wie aus seinen Briefen hervorgeht, bis zu seinem Tod im Kloster von Lyon treu.

Bei der Diskussion um die Heiligkeit des Papstamtes habe ich ein *Dictatus papae** von Papst Gregor VII. (1073-1085) verwendet. Allerdings berief sich Gregor VII. auf den von ihm als Heiligen bezeichneten Ennodius von Pavia († 521).

Rätselhaft ist noch immer, was Karl am ersten Weihnachtstag des Jahres 800 in Rom erbost hat. Von Karls Biograph Einhard ist ein Satz überliefert, den der Kaiser nach der Krönung geäußert haben soll: „Er hätte die Kirche an diesem Tag, auch wenn es ein hoher Festtag war, nicht betreten, hätte er zuvor von der Absicht des Papstes wissen können."

Manche Historiker haben daraus geschlossen, der Papst habe eigenmächtig gehandelt und Karl gegen dessen Willen zum Kaiser gekrönt. Wahrscheinlicher ist allerdings, daß ihn die *Art* der Krönung ärgerte. Dadurch, daß Leo III. das byzantinische Ritual durchbrach und dem König vorzeitig die Kaiserkrone aufsetzte, erhöhte er auch seine eigene Position.

Unbestritten schuf Leo III. damit einen Präzedenzfall, der dem Papst die entscheidende Rolle bei der Kaiserkrönung zusprach. Was in den folgenden Jahrhunderten zu einem ewigen Rangfolgestreit zwischen Kaiser und Papst führte.

Denkbar, daß Karl so etwas ahnte, denn als er seinen Sohn Ludwig zum Mitkaiser machte, forderte er ihn auf, sich die Krone selbst aufzusetzen.

Der Verfasser des *Paderborner Epos* ist anonym. Man nimmt an, daß es von Angilbert, Karls Aachener Hofdichter, geschrieben wurde.

Mönche aus Corbie gründeten in der Nähe von Paderborn ein Kloster, das sie Neu-Corbie nannten. Später änderte sich der Name in Corvey.

Hathumar, ein sächsischer Edler, der als Geisel nach Würzburg kam und dort eine Ausbildung zum Priester erhielt, wurde im Jahr 806 erster Paderborner Bischof.

Paderborn/Münster,
Februar 1999

Glossar

Liten
- (auch Laten), Halbfreie, die zwar rechts- und vermögens-
fähig, aber auch dienst- oder zinspflichtig waren

officiales
- leitende Mitarbeiter des Abtes, an ihrer Spitze stand der
Prior

lingua Romana
- Altfranzösisch, das in den südlichen, durch römische Kultur
geprägten Landstrichen des fränkischen Reiches gesprochen
wurde

Theodisc
- Althochdeutsch, das in den nördlichen und östlichen Gebieten des fränkischen Reiches gesprochen wurde; von Theodisc
leitet sich das Wort *Deutsch* ab

oblati
- (auch *pueri oblati*), dargebrachte Knaben, Kindermönche; sie
mußten alle Ordensregeln befolgen und erhielten lediglich
beim Fasten und beim langandauernden Chordienst einige
Erleichterungen. Viele Missionare und Kirchenmänner
kamen als Kinder ins Kloster, so Bonifatius im Alter von fünf
und Thomas von Aquin im Alter von sieben Jahren.

Märzfeld
- Versammlungsplatz der Krieger, kein bestimmter Ort

scabini
- sachverständige Gerichtsbeisitzer, von denen sich das Wort *Schöffe* ableitet

Kapitularien
- Anordnungen des Königs, die in Unterpunkte (*capitula*, Kapitel) gegliedert waren

Wergeld
- wörtlich: Manngeld; Strafe für das Töten eines Menschen. Der Wert eines Menschen hing von seinem Alter, seinem Geschlecht und seiner sozialen Stellung ab. Die Strafe für das Töten einer alten Frau betrug 200 Gold-Solidi. Dagegen kostete der Mord an einem Knaben 600 Gold-Solidi.

Lateran-Palast
- Amtssitz des Papstes

Simonistische Ketzerei
- theologisch verbrämter Ausdruck für Ämterverkauf und Bestechlichkeit

Triklinium
- römischer Eßsaal, bei dem der Tisch auf drei Seiten von Liegesofas umstellt war

Pfalz
- von Lateinisch *palatium*, Palast

Latte
- eine Latte entsprach zwölf *Fuß*, ein karolingischer Fuß maß etwa 33 Zentimeter

Karl maß beinahe sechs Fuß
- Das Skelett Karls des Großen in Aachen läßt darauf schließen, daß er zu Lebzeiten etwa 1,92 Meter maß, eine für die damalige Zeit sehr überdurchschnittliche Größe

Tunika
- Überkleid

comes stabuli
- wörtlich: Stallgraf (s. Marschall!)

Marschall
- wörtlich: Stallknecht; Leiter des königlichen Reitstalls

dux
- Herzog

comes marchiones
- Markgraf; Markgrafen waren herausgehobene Provinzgouverneure, deren Aufgabe in der Sicherung der Grenzen bestand

Hispano
- Spanier

cancellarius
- Kanzler, Leiter der Kanzlei, oberster Sekretär

Arianismus

- Der Presbyter Arius (um 280-336) vertrat die Lehre, Gottvater und Christus seien nicht wesensgleich, sondern nur wesensähnlich. Es gebe nur *einen* ungewordenen und unteilbaren Gott, der Sohn sei ein durch göttlichen Willen geschaffenes Wesen. Auf dem Konzil von Nicäa (325) wurde der Arianismus verboten, später verfolgte Kaiser Theodosius die Arianer als Ketzer. Trotzdem hielt sich der Arianismus bei den germanischen Christen, vor allem den Langobarden, bis ins 8. Jahrhundert.

Theoderich der Große

- Der arianische Ostgotenkönig (471-526) regierte Italien von Ravenna aus. In den deutschen Heldensagen ist er als *Dietrich von Bern* (Verona) bekannt.

Bilderstreit in Konstantinopel

- Ende des 8. Jahrhunderts lieferten sich Anhänger und Gegner der Anbetung von Heiligenbildern (Ikonen) einen blutigen Streit. Der Konflikt wurde ohne Beteiligung fränkischer Bischöfe auf dem Konzil von Nicäa (787) durchaus im Sinne der Amtskirche entschieden. Allerdings war die Übersetzung ins Lateinische so stümperhaft, daß sie von Karl und seinen Bischöfen mißverstanden wurde.

Omaijaden

- Arabische Dynastie in Spanien, die zur Zeit Karls mit den *Abbasiden* in Damaskus verfeindet war

Nordalbingier

- Sächsischer Stamm, der nördlich der Elbe siedelte

Awaren
- Mongolisches Reitervolk, das sich im Gebiet des heutigen Ungarn niedergelassen hatte. Nicht identisch mit den *Hunnen* (obwohl sie in zeitgenössischen Quellen oft so genannt wurden)

hrinc
- sagenhafte Königsburg der *Awaren*, konzentrische Anlage mit neun kreisförmigen Wällen

Cha-Khan
- König der *Awaren*

Sommerstunde
- sowohl im Sommer wie im Winter gab es zwölf Tagesstunden, mit unterschiedlichen Längen

Hewimanoth
- Juli

Scara
- Leibgarde des Königs

Aquitanien
- fränkisches Königreich im heutigen Südfrankreich

Regisaula
- Königssaal

Patricius Romanorum
- Beschützer Roms

Patrimonium Petri
- Kirchenstaat

Sie dachten, ich sei ein Krüppel ...
- das damalige Kirchenrecht untersagte einem Krüppel, geistliche Funktionen auszuüben

primicerius
- Erster Notar, einflußreiches Amt am päpstlichen Hof

civitas
- Stadt

Scramasax
- schmales Kurzschwert, ursprünglich Waffe der Sachsen

Herzog Widukind
- Im Gegensatz zu den Franken hatten die Sachsen keine Könige. Jeder der vier sächsischen Stämme wählte einen Herzog, der sie im Krieg anführte. Während der Regentschaft Karls des Großen war Herzog Widukind sein berühmtester Gegner, der ihm jahrzehntelang Widerstand leistete. Als Widukind kapitulierte und sich taufen ließ, war Karl sein Taufpate.

Capitulatio de partibus Saxoniae
- Kapitular für Sachsen, von Karl im Jahr 785 in Paderborn erlassen. Einige Bestimmungen dieses „Schreckens-Kapitular" sind im *Prolog* zitiert

Capitulare Saxonicum
- Im Oktober 797 als Ersatz für die *Capitulatio* von 785 verkündet. Raub, Brandstiftung und Vergehen gegen die christ-

lichen Glaubenssätze wurden darin mit Geldbußen, nicht mehr mit der Todesstrafe geahndet

End ec forsacho ...
- Die Abschwörungsformel und das Glaubensbekenntnis, eine Mischung aus Latein und Altsächsisch, wurde Ende des 8. Jahrhunderts wahrscheinlich im Kloster Fulda abgefaßt. Die Übersetzung lautet:
Und ich widersage allem Teufelswerk und -wort, Donar und Wodan und Saxnot und allen Unholden, die ihre Genossen sind. Ich glaube an Gott, den allmächtigen Vater. Ich glaube an Christus, Gottes Sohn. Ich glaube an den Heiligen Geist.

Tricktrack
- Brettspiel, das dem französischen *Puff* und dem englischen *Backgammon* ähnelt.

harisliz
- Verlassen des Heeres, Fahnenflucht

Dictatus papae
- päpstliches Gebot

Bibliographie

Philippe Ariès, Georges Duby (Hg.): Geschichte des privaten Lebens, 1. Band: Vom Römischen Imperium zum Byzantinischen Reich, Frankfurt a.M. 1989

Heinz Bauer, Friedrich Gerhard Hohmann: Der Dom zu Paderborn, Paderborn 1975

Günter Beaugrand (Hg.): Sankt Liborius, Paderborn 1997

Arno Borst: Barbaren, Ketzer und Artisten, München 1988

Arno Borst: Lebensformen im Mittelalter, Frankfurt a.M. 1973

Hans Jürgen Brandt, Karl Hengst: Das Erzbistum Paderborn, Paderborn 1993

Horst Fuhrmann: Einladung ins Mittelalter, München 1987

Handbuch der Kirchengeschichte, Band III/1, Freiburg 1966

Gerhard Herm: Karl der Große, Düsseldorf 1995

George Holmes (Hg.): Europa im Mittelalter, Stuttgart 1993

Die Kirche von Paderborn, Heft 1, Strasbourg 1995

Uwe Lobbedey: Der Paderborner Dom, München 1990

Emil Nack: Germanien, Länder und Völker der Germanen, Wien/Heidelberg 1977

Pierre Riché: Die Karolinger, München 1995

Quellen

Bericht von der Übertragung der Gebeine des hl. Liborius

Briefe des Hofgelehrten Alkuin an Abt Adalhard von Corbie, Erzbischof Arn von Salzburg und Papst Leo III.

Buch der Päpste (Liber Pontificalis)

Chronik von Moissac

Dictatus Papae von Papst Gregor VII.

Jahrbücher des fränkischen Reiches

Jahrbücher von Lorsch

Paderborner Epos

Vita Karoli des Hofgelehrten Einhard

Das Erzbistum im geschichtlichen Überblick

1200 Jahre Bistum Paderborn 799 - 1999

799 Karl der Große empfängt Papst Leo III. an den Paderquellen. Der Frankenkönig und der Papst besiegeln auf einer synodalen Versammlung die Gründung des Bistums Paderborn und der Sachsenbistümer Minden, Münster, Osnabrück, Verden und Bremen.

805/6 Das Bistum erhält in Hathumar seinen ersten Bischof

836 Die Reliquien des heiligen Liborius werden von Le Mans nach Paderborn überführt. Beide Kirchen schließen einen »Liebesbund ewiger Bruderschaft«, der alle Auseinandersetzungen und Kriege in Europa bis heute überdauert hat.

1036 Bischof Meinwerk, der zweite Begründer des Bistums Paderborn, stirbt. Unter ihm finden sich erste Ansätze für die Bildung eines fürstlichen Territoriums, das sich im 13. Jahrhundert konsolidiert.

1802 Das fürstliche Territorium wird durch die Säkularisation dem preußischen Staat einverleibt, das Bistum bleibt bestehen.

1821 Mit der Bulle »De salute animarum« wird das Paderborner Bistum neu umschrieben. Das Bistum Corvey sowie Teile der Bistümer Mainz, Köln, Osnabrück, Minden, Halberstadt und Magdeburg kommen hinzu.

1930 Paderborn wird Erzbistum. Zur Kirchenprovinz gehören die Bistümer Fulda und Hildesheim.

1958 Das neue Bistum Essen erhält von Paderborn die Dekanate Bochum, Gelsenkirchen, Hattingen, Wattenscheid sowie angrenzendes Gebiet.

1994 Mit der Gründung des Bistums Magdeburg wird der in Sachsen-Anhalt gelegene bisherige östliche Teil des Erzbistums ausgegliedert. Das neu errichtete Bistum Magdeburg gehört zusammen mit dem Bistum Erfurt und dem Bistum Fulda zur Kirchenprovinz Paderborn. Das Bistum Hildesheim fällt der neuen Kirchenprovinz Hamburg zu.

1996 Papst Johannes Paul II. besucht Paderborn. »Einig in der Hoffnung« feiern die Gläubigen den Besuch des Heiligen Vaters.

1999 1200 Jahre nach der Gründung begeht das Bistum Paderborn unter dem Motto »Mehr als man glaubt« sein Jubiläum.

Das Buch »Mord im Dom« wurde durch das Erzbistum Paderborn angeregt.